ねこのおうち

柳美里

河出書房新社

ねこのおうち　もくじ

イラストレーション　千海博美
ブックデザイン　鈴木成一デザイン室

ねこのおうち

ニーコのおうち

ニーコは、大きなメスねこでした。

どれくらい大きいかというと、おばあさんの膝に乗り切れないぐらいでした。ちょうどいいところにおしりをのせると、頭がはみ出す、ちょうどいいところに頭をのせると、おしりがはみ出すという具合に――。

でも、はみ出した頭やおしりは、おばあさんが撫《な》でてくれるから、ニーコは大きなことがうれしくて誇らしかったのです。

「ニーコは、ほんとに大きいねこさんだねぇ、うちに来た時は、こぉんなにちっちゃかったのにねぇニーコ、ニーコやぁ」

と、おばあさんは微笑《ほほえ》みで目を細め、手の平をお椀のように差し出します。

ニーコは首を思いっ切り伸ばして、ニャアと鳴きます。

「ちゃぁんとお返事できて、賢い子だねぇ。ニーコは、みぃんなみぃんなわかってるんだよねぇ」

今度は声を出さずに口だけニャアと開けて、おばあさんの皺《しわ》だらけの顎《あご》をザラザラした舌で舐《な》めました。

「ニーコ、およしな。おまえの舌はヤスリみたいで痛いんだよ。あんまり舐めるとヒリヒリするから、およしなさいったら、ニーコやぁ」

ニーコは舐めるのをやめて、おばあさんの膝の上でまぁるくなりました。

おばあさんのおなかに背中を押し付けてドーナッツみたいにまぁるくなると、もうはみ出すことはありません。

ニーコやぁ、ニーコやぁ、おばあさんは目をつむって、ニーコの顎の下を人差指と中指で伸ばします。

グルグルグルグルグルグルグル、ニーコも目をつむって喉を鳴らします。

ニーコのおなかとおばあさんの膝が同じくらいの温かさになる頃、ふたりは決まって居眠りしているのでした。

ニーコは、隣町のマンションで生まれました。

ニーコの母親は、チンチラという種類で、銀色の長い被毛とサファイアグリーンの瞳を持った、とても美しいねこでした。

生まれたのは三びきで、一ぴきはオスで母親と瓜二《うりふた》つ、もう一ぴきはメスでキジ虎の長毛、そして、ニーコは短毛のキジ虎でした。

旦那さんが帰ってきたのは、夜でした。

「ただいまぁ」

「あなた、ビビアンが赤ちゃん産んだのよ！」

奥さんは玄関口で叫びました。

「え？」

旦那さんは真っ直ぐリビングに行きました。

テレビの横に段ボールが置いてありました。

覗《のぞ》いてみると、ビビアンのおっぱいに三びきの赤ちゃんねこが吸い付いているではありませんか――。

目は、まだ開いていません。

「ちっちゃいなぁ……はつかねずみみたいだ……」

旦那さんは鞄《かばん》をかかえてしゃがみこみました。

「この子はショータイプの子だから、ブリーダーさんに、いい血統のお婿《むこ》さんを見つけてもらおうと思ってたのよ。そしたら、ほら、二ヶ月前だったかしら、ベランダにお布団《ふとん》干してる時、ビビアンが飛び降りちゃって、何日か帰ってこなかったことあったじゃない。あれよ、あの時よ。あぁ、ヤダ！　相手はキジ虎のノラよ！　ほら、こっちの二ひきを見て！　キジ虎じゃない！　あなた、どうする？」

奥さんの声はいつにも増して甲高《かんだか》く早口でした。

「おぉ、もぉいっちょまえにグルグルいってる。グルグル三重奏だな。耳をパタパタ震《ふる》わせてるのがかわいいいね」

「あーもー！　どーすればいいんだろ！　ちょっと、あなた、真剣に考えてよッ！」

「とりあえず、そっとしとくしかないだろ」

「そんな何週間もおっぱい吸わせたら、おっぱい伸びちゃって、キャットショーで勝てなくなっちゃうのよ！」

「仕方ないだろ、生まれちゃったんだから」

「この右端の子はきっとビビアンそっくりよ。真ん中の子も、もう産毛っぽいのが生えてるから長毛だと思うのよ。姉と妹のうちでねこ飼いたいって言ってたから、目が開いたらプレゼントするわ。問題は、この左端の子……」

奥さんは、雪の結晶と雪だるまのネイルアートが施《ほどこ》されている指で、左端の子ねこをおっぱいからもぎ離しました。

旦那さんは、臍《へそ》の緒の付いたおなかに顔を近づけました。

おっぱいを飲んで、ぱんぱんに膨《ふく》れています。

「腹に入れ墨みたいな模様があって、ヤクザの親分みたいだな。オス？　メス？」

「そんなの、もうちょっと大きくなんなきゃわかんないわよ」

ビビアンが腰を上げました。ニャア、ニャアと大きな声で騒ぎ立て、二人のあいだを行ったり来たりしては、前足を浮かして不安そうな顔で子ねこを見上げます。

他の二ひきの子ねこたちも、母親を求めてミーミー這《は》い回っています。

「光町に広い公園あったじゃない？　大きな木がいっぱいあって、ちょっとした森みたいな公園。いつだったか、車でランチ食べに行ったら、どのお店もいっぱいで、ランチ難民みたいになっちゃったじゃない？　仕方ないからって、ハンバーガー買ってベンチで食べようとしたら、あちこちからノラねこが寄ってきて、ベンチの背に跳び乗ってくるヤツもいて、結局、車の中に避難して食べたじゃない」

奥さんが、子ねこを段ボールの中につまみ下ろすと、ビビアンは前脚で子ねこを抱き寄せ、顔やおしりを舐め回しました。

三びきの子ねこは、再びおっぱいを吸いはじめました。

グルグルグル、グルグルグル、よく聞くと、四重奏です。

ビビアンも充《み》ち足りた表情で喉を鳴らしています。

「あなた、捨ててきてよ」

「え？」

「とにかく、このノラにはビビアンのおっぱいを吸わせたくないの」

「その子に罪はないだろ」

「こっちは被害者なのよッ！」

「…………」

「あの公園のノラたちが育てるわよ。テレビでやってたけど、自分の子じゃなくても面倒みるんだって」

「カラスにつつかれて食われるって話も耳にするけど……」

「玄関に靴箱あるじゃない。昨日ブーツ買って、まだ履いてないんだけどね、靴箱の中にねこ入れて、蓋《ふた》に書いとけばいいじゃない。かわいい子ねこが入ってます、どなたかもらってくださいって」

旦那さんは動きませんでした。

奥さんは、チッと舌打ちして靴箱から黒いブーツを取り出し、油性マジックで蓋に殴り書きをしました。そして、ブーツを包んであった白い薄紙で子ねこをくるむと、靴箱の中に納めたのです。

「行ってらっしゃい。今夜はスキヤキだから早く帰ってきて」

旦那さんは黙って靴箱と車のキーだけを持って、脱いだばかりの革靴を履きました。

靴箱の中で鳴き声がしました。

「ニー！　ニー！」

ビビアンが玄関まで走ってきて、凄い声で鳴きました。

「オワァー！　オワァー！」

玄関のドアが閉まりました。


夜の公園は真っ暗でした。

彼は、キーを差し込んだまま車のドアを開け、靴箱をかかえて公園の門をくぐりました。

目が慣れてくると、あちこちに〈ノラねこやハトにエサをやらないでください〉と立看板があることに気づきました。

どこにしようか……

彼は子ねこを捨てる場所を探しました。

朝になったらすぐに見つけてもらえるところがいい。

彼は、奥さんと二人でハンバーガーを食べようとしたベンチに置き去りにすることにしました。

夜の公園は静かでした。

心臓だけがズキンズキンと高鳴り、胸を突き破りそうでした。

彼は、文房具屋で練り消しを万引きした時のことを思い出しました。

あの時は、店を出た途端、「ぼく、ちょっと待って」と呼び止められ、逃げようとしたら腕をつかまれたけれど、今は誰にも見られていません。

靴箱をベンチの上に置きました。

そっと手を離した時に、紙の箱だけではない重さがあったことに気づきました。それは命の重さでした。彼は、命から手を離したのです。その瞬間、何故こんなことをしなければならないのか、という怒りのような感情が胸の奥でうずきましたが、その感情に背を向けて、彼は歩き出しました。昨日まではこの世に居《い》なかったねこだと思ってみても、か細い声を張り上げて鳴く、まだ目も開かない子ねこの顔を脳裏《のうり》から消すことはできませんでした。

帰ったら、母ねこと子ねこが居る。

おれは黙って食卓につく。

妻と向かい合って、顔はなるべく見ないようにして、スキヤキに箸《はし》を伸ばす。

騒がしいバラエティー番組なんかを観ながら缶ビールを開ける。

食事が終わったら、風呂に入る。

歯を磨く。

パジャマに着替える。

妻と並んで眠る。

車のキーを回してエンジンをかけると、怒りと悲しみがいっしょくたに湧き上がってきました。

結婚して五年……

そろそろ終わりにした方がいいのかもしれない……もうとっくに終わってるんだから……

子ねこたちがもらわれていったら、離婚届を渡そう……

車は走り去りました。

誰も見ていませんでした。

寒い夜でした。

靴箱の中には、ふわふわの柔らかい毛はありません。顔やおしりを舐めてくれるザラザラした舌もありません。温かいおっぱいもありません。体をくっつけ合っていた小さな体もありません。

今朝《けさ》生まれたばかりの子ねこだけです。

子ねこは鳴きました。

鳴きつづけました。

空がうっすらと明るくなり、花壇の土が霜《しも》で持ち上がる頃には、子ねこの声は掠《かす》れていました。

もう、動くこともできません。

子ねこの体温はどんどん下がっていきました。

おばあさんは、ひかり公園の前の古い家にたった一人で暮らしていました。

息子が二人、娘が一人居ましたが、おとなになって家を出て行きました。

おとなになった子どもたちは、それぞれ別の家に住み、おばあさんの家に帰ってくることはありませんでした。

五十年ものあいだいっしょに暮らしたおじいさんは、七年前に亡くなってしまいました。

この家に引っ越してきたのは、待望の赤ちゃんができたからでした。

子どもを育てるには、六畳一間のアパートでは手狭だろうという話になって、おばあさんとおじいさんは新しい家を探し歩いたのです。

建て売りで、同じ間取りの家が三軒並んでいましたが、おばあさんはひと目でこの家を気に入りました。

「庭が狭いな」

おじいさんは不満そうでした。

「でも、家庭菜園を作れるぐらいの広さはあるわよ。それに、公園がお庭みたいなものじゃない？　お勝手から前掛けしたまま外に出て、晩ごはんですよぉって子どもたちを呼びに行けますよ。あなた、ちょっと、公園を歩いてみませんか？」

二人はゆっくりとした足取りで公園を一周すると、ベンチに座って、おなかの中の子どもが滑り台やブランコや鉄棒で遊ぶ姿を思い浮かべました。

子どもたちは出て行き、おじいさんは亡くなり、家には誰も居なくなりましたが、公園にはいつでも子どもたちが走り回っています。

おばあさんは、自分の庭の手入れをするように、公園の花壇の雑草を抜き、落ち葉を掃き、子どもたちが裸足で走っても危なくないようにガラスやプラスティックの破片を拾いました。

ノラねこたちの餌やりもおばあさんの仕事でした。

昔は五、六ぴきだったのに、今では四十ぴき以上集まる日もあります。

どのねこもひとなつっこく、おばあさんの足音を聞き付けると、草むらの中から飛び出してきます。

アオーンと哀れっぽく鳴いて、くるぶしに頭を擦り付ける三毛、母ねこにおしりを舐めてもらう時のように腰だけ高く上げる白、足元で仰向けになり、くるりくるりと左右に体を倒すキジ白――。

捨てられたばかりの新入りはおずおずと不安そうに、それでもおばあさんに親愛の情を示します。

中には、鈴の付いた首輪をしているねこも居ます。

台風や寒波が訪れるたびになんびきかは居なくなるけれど、すぐにまた新しいねこが現れ、年々ねこの数は増えていくばかりです。

ねこは賢い、とおばあさんは思います。

いったん順番が決まったら、どれだけ大勢いて、どれだけおなかを空かせていても、同じねこが餌場に居座って他のねこに食べさせないということはないし、後で食べられると解っているから、他のねこたちもじっと待っているのです。

そして、最初のねこが餌場から離れて顔を洗いはじめると、次のねこたちがそうっと近づいてくる。

ねこたちは、そうやってひっそりと生きているのです。

けれど、公園を囲んでいるたくさんの家の中には、ねこ嫌いなひとも少なくありません。

「砂場で子どもが遊んでいたら、ねこのうんこが出てきた。子どもがカリントウと間違えて口に入れて、病院に連れて行った」

「ブロック塀にオスねこがおしっこを引っ掛けていく。漂白剤をかけても完全には消臭できないし、またすぐに引っ掛けられる」

「サカリがついたねこがひと晩中アオーンアオーンと鳴き喚《わめ》いて、睡眠薬なしで眠れなくなった」

「ねこアレルギーでくしゃみが止まらない」

「ねこが草むらにノミやダニをばらまいている」

光町の町内会に苦情が集まり、とうとう一年前に捕獲器を設置して、捕まえたねこについては保健所に連れて行く、ということに決まったのでした。

餌やりも禁止になりました。

餌をやらなければ自然と数が減る、という言い分なのですが、おばあさんは、それはむごいと思いました。

ねこは嘘をつきません。

どのねこも、ひとになついているということは、初めからノラだったわけではないのです。元は、誰かの飼いねこだったのです。

罰を受けるべきは、ねこを捨てた飼い主なのに、何故、捨てられたねこが罰せられなければならないのでしょう？

家から連れ出されて、この公園に捨てられたねこたちは、もう十分過ぎるほどの罰を受けているのです。

それに――、とおばあさんは子ども時代を振り返りました。

いつも自分よりも小さい生きものを抱き締めていた気がします。

飼い主であるわたしに全てを預け、信頼しきっていた生きものを――、その信頼と温もりは、いくつになっても消えないものなのです。

おばあさんは、町のひとびとが目を覚まさないうちに餌やりに出掛けることにしています。前の日に魚屋さんで、しこいわしや豆あじなどの安い魚をたくさん買っておくのです。

それを、おばあさんとおじいさんの朝晩のおかずにします。

「あなた、毎日お魚でごめんなさいね」

と、湯気の立つごはんをよそって仏壇に供えると、白黒写真のおじいさんの口元が少しだけ緩むのでした。


午前四時半、おばあさんはいつものように家を出ました。

ひと目につかないように草むらの中に入って行くと、どこからともなくねこが集まってきました。

おばあさんは、つつじの植え込みに隠してある植木皿に魚をのせて、ねこの数をかぞえました。

ひい、ふう、みい、よお……なな、やあ、ここの……ずいぶん数が減った……

つぎつぎ罠《わな》にかかって保健所に連れて行かれる……

「おや、初めて見る顔だね」

おばあさんは、大きな茶虎を見つけました。

縄張り争いでもしたのでしょう、左耳の先が噛《か》み千切られています。

「オスだね。こっちおいで」

おばあさんは腰を屈《かが》めて手招きしました。

「だいじょうぶ、なんにもしないから」

おばあさんがいわしを放っても、茶虎は後退《あとずさ》るばかりでした。

「ほら」

今度は、もうちょっと遠くに放りました。

茶虎はいったんは跳び退ったものの、頭を低くしていわしに忍び寄り、用心深く匂いを嗅いでからさっとくわえて、ウーウー威嚇《いかく》しながらバリバリと頭から食べはじめました。

「よっぽどおなかが空いてるんだね。何日食べてなかったのかい?」

おばあさんは、いわしをつかんで差し出しました。

茶虎はじわじわ近づきます。

もうすぐ、おばあさんの手です。

「ほぅら、おあがりな」

と、おばあさんが手を伸ばすと、フーッと背中を丸め、しっぽを倍ぐらいの太さにしました。

「おまえは、ひとの手に嫌なことをされたんだね。おいで、なにもしないから」

茶虎はいわしにパンチしました。

何度パンチしても、はたき落とすことはできないと観念すると、とうとうおばあさんの手から食べはじめました。

「おまえさんは、なんて名前で呼ばれてたのかい？」

茶虎は、ギチャギチャと顔を上下に動かし、いわしを味わっています。

「次郎長。いいかい？　今日から次郎長と呼ぶよ」

ニーニー……

どこかでか細い鳴き声が聞こえます。

おばあさんは顔を上げて、辺りを見回しました。

ニーニー……

新聞配達のバイクの音で掻《か》き消されてしまいました。

でも、確かに聞こえたのです、空耳《そらみみ》ではありません。

おばあさんは草むらから出て、広場に向かいました。

空はもう薄青くなっていて、毎朝公園でラジオ体操をする田中《たなか》さんが、トランジスタラジオの周波数を合わせているところでした。

おばあさんは田中さんに挨拶《あいさつ》をしました。

「おはようございます」

田中さんは振り返りました。

「おはようございます。今日も寒いですね」

三びきのねこを飼っている田中さんは、町内会の取り決めは行き過ぎだと思っている数少ない住人でした。でも、それを声にすることはしませんでした。ノラねこの命よりも、隣近所のひとたちとの人間関係を守りたい、と思っていたのです。

おばあさんは、鳴き声のありかを見つけました。

初めてこの公園を訪れた時に、おじいさんと二人で座ったベンチです。

ベンチの上の靴箱の蓋には、マジックでこう書いてありました。

かわいい子ねこが入ってます。

どなたかもらってください。

蓋を開けると、まだ臍の緒の付いた生まれたての赤ちゃんねこでした。

「おぉ、大変だ……」

助からないかもしれないと思いましたが、おばあさんは靴箱をかかえて急いで家に帰りました。

助かるかどうかは、もう考えません。

とにかく、手を尽くすしかないのです。

子ねこを毛布でくるみ、湯たんぽで温め、口をこじあけてスポイトでミルクをたらしこむ。

母ねこが舐めてやるように、お湯で湿らせた脱脂綿で肛門を刺激しておしっことうんこを出してやる。

十日間つきっきりで世話をすると、子ねこは、おばあさんの声を聞くとニーニー鳴いて這い回るようになりました。

体に生きる力が戻ってきたのです。

子ねこは、助かりました。

よく見ると、右目が縫いほつれのように半分ほど開いているではありませんか――。

「おめめがひらいた！　ニーコや、見えるかい？　ここがニーコのおうちだよ。ふたりきりだから、仲良くやっていきましょうね」

おばあさんは、子ねこをニーコと呼んでいました。あまりにも必死だったから、いつ名前を付けたのか、どうしてニーコなのかは覚えていないのですが、おそらく、ニーニー鳴くからニーコなのではないでしょうか？

「もし、おまえが、男の子だったら、ニータにするからね。でも、たぶん、女の子だ。わたしは子どもを三人産んだけど、おなかにいるうちに男か女か当てて、おじいさんに名前を付けてもらったんだよ」

それから何日かして、ニーコの両目が完全に開きました。初めのうちは煤《すす》けたウグイスのような色だったのに、日が経《た》つにつれ宝石のような輝きを放ちはじめました。ニーコは母親からサファイアグリーンの瞳を譲り受けていたのです。

「きれいなおめめだね。おまえはどんなお母さんから生まれたんだい、ニーコや」

生後二十日すると、薔薇の刺《とげ》のような小さな犬歯が上下二本ずつ生え、一週間もしないうちに他の乳歯もぷつぷつと顔を覗かせました。

おばあさんは、ニーコのために前掛けをして台所に立ち、鶏肉や白身魚を裏漉《うらご》しして離乳食を拵《こしら》えました。

ニーコはなんでもよく食べ、毛糸玉のように丸々と太っていきました。

生まれて、ひと月半が過ぎました。

おばあさんは、ニーコをバスケットに入れてバスに乗りました。

隣町の動物病院に予防注射を受けに行くのです。


カモメ動物病院の待合室には、誰もいませんでした。

「要らない注射や投薬や手術は一切しない」という院長の方針が、いまどきの飼い主には物足りないのでしょう。

「来る者は拒《こば》まず」という、もう一つの方針も、カモメ動物病院の評判を落としていました。

院長は、捨てられた動物の怪我や病気の治療や里親探しを年がら年中やっているので、あそこに行くと悪い病気をもらう、ノミダニが伝染《うつ》る、という噂が近隣の町にまで広がってい

たのです。

院長、といっても、カモメ動物病院にいるのは港《みなと》先生一人だけでした。

いくつなのかはわかりませんが、髪《かみ》も髭《ひげ》もヤギのように真っ白なので、六十歳は超えているはずです。

そんな歳まで独り者で、奥さんも子どもも持ったことがない港先生を、町の人は「変人」と決め付けていましたが、３６５日24時間「来る者は拒まず」態勢で診療をつづけた結果、婚期を逃してしまっただけなのでした。

他人がなんと陰口を叩こうと、ノラねこの去勢・避妊手術を無料で引き受け、公園で生まれた子ねこの里親探しを手伝ってくれる港先生を、おばあさんは全面的に信頼していました。

「よぉ、お久しぶり。今日は、去勢？」

「いえ、まだ生後ひと月半なんです」

「里親探し？」

「いえ、予防注射を」

「飼ったの？」

「ニーコっていいます。先生、この子、女の子ですか？」

おばあさんは、バスケットの蓋を開けました。

ニーコは、おばあさん以外のひとを目にするのは、初めてでした。

港先生が手を伸ばすと、シャーッと歯を剝《む》き、ペッと唾を吐くような音を出しました。

「おぉ、チビのくせに、威勢がいい」

港先生は慣れた手つきで首根っこをつかみ、グローブのように大きくぶ厚い手の平でニーコのおしりを支えると、

「見ればわかるじゃない。なんにも付いてないよ」

と、ブホブホッと咳込むように笑いました。

秤《はかり》にのせると、ニーコは八百グラムもありました。

「ほんとに生後ひと月半？　いやぁ、ビッグだねぇ！　骨格もがっしりしてる。いやぁ、立派立派！」

おばあさんは、診察台の上でぶるぶる震えているニーコの耳の後ろを撫でてやりました。

いよいよ注射です。

暴れて針が変なところに刺さると危ないから、おばあさんは両手でニーコを押さえ付けました。

港先生が、首の付け根に注射を打った瞬間、ニーコは驚いて腰を抜かしてしまいました。

「おやおや、おおげさな」

「ニーコ、えらかったね、ニーコや」

おばあさんは、へっぴり腰のニーコをタオルにくるんでバスケットに入れました。

「箱入り娘が、籠《かご》入り娘になったわけだな」

港先生は、診察室のドアを開けてふたりを通してくれました。

「下ぁにぃ、下ぁにぃ」

おばあさんは、バス停のベンチに座って、十分後に来るはずのバスを待ちました。

冷たい風が当たらないように、バスケットにオーバーコートをかぶせていたけれど、おばあさんの頬を撫でる風は、もうそれほど冷たくはありませんでした。

眠る間も食べる間も惜しんでニーコの世話をしていたおばあさんには、季節の変化を感じる余裕などなかったのです。

どこからか、花の香が漂ってきました。

擦り切れてボロボロになったズック靴の周りにはタンポポやペンペン草やオオイヌノフグリなどが咲き乱れ、鳥の巣みたいにぐしゃぐしゃになった頭の上には桜が咲いていました。

「ニーコや、春だよ」

おばあさんは、ねこのように目を細めて、そよ風の中で踊っている春の光を見詰めました。

おばあさんは、ニーコを我が子のようにかわいがりました。

外は危険がいっぱいなので、家の中で大切に育てました。

万が一の場合に、と首輪をはめて、おばあさんの名前と住所と電話番号を書いた迷子札をぶら下げていましたが、ニーコは窓やドアが開いていても、おばあさんから離れるようなことはしませんでした。

ニーコは、いつもおばあさんの傍《そば》に居ました。

食事の時はおばあさんの膝の上に居たし、寝る時はおばあさんの布団に潜り込みました。

おばあさんが手を伸ばして体に触れたら、眠りながら喉を鳴らすことだってできました。

おばあさんがお風呂に入っている時は浴槽《よくそう》の縁に立って、洗濯物を干している時は縁側に座って、片時もおばあさんから離れることはありませんでした。

おばあさんは、言いました。

「ニーコや、よくお聞き。おまえは、わたしとこの世を結び付けてくれている最後のリボンなんだよ。ニーコや、居なくならないでおくれ。おまえが居なくなったら、リボンがほどけて、わたしは死んでしまうからね。約束だよ」

おばあさんは、小指の代わりに手の平を差し出しました。

その手の平に、ニーコは頭を横たえました。

ニーコは、おばあさんが大好きで、おばあさんさえ居れば幸せだったのです。

ニーコが生まれて三度目の春がやってきました。

おばあさんご自慢のひかり公園の桜が満開になり、おばあさんの小さな庭にも花びらを降り積もらせています。

おばあさんは、朝から縁側に座っていました。

ニーコは、おばあさんの膝の上に居ました。

いつもだったら、「ニーコは、ほんとに大きいねこさんだねぇ、うちに来た時は、こぉんなにちっちゃかったのにねぇニーコ、ニーコやぁ」と言いながら撫でてくれるのに、おばあさんの目はニーコを見てはいませんでした。

降りしきる桜の花びらを見ているわけでもありません。

垂れ下がった瞼《まぶた》のせいで眠っているように見えますが、眠ってはいませんでした。

おばあさんの目は、ニーコには見えないものを見ていたのです。

「あなた、お話に夢中になってばかりいると、ごはんが冷めてしまいますよ。お箸を動かしながら話してくださいな……そんなにお怒りになることはありませんよ。お茶、もう一杯いかが？」

と急須《きゅうす》を傾ける真似をするのですが、今度は別のものに気を取られて、口の中でぶつぶつぶつぶつと呟《つぶや》くのです。

ニーコは不安になりました。

おばあさんの肩に跳び乗り、耳元でグルグルグルグルグルグルグルグル盛大に喉を鳴らしてみましたが、おばあさんには聞こえていないようでした。

ニーコは、おばあさんの耳を舐めました。

ザラッザラッと音がするまで舐めました。

おばあさんの耳は、いつもの場所にあるのに、石のようになんの反応もしないのです。

顎に頭を擦り付けても、駄目でした。

髪を噛んでも、駄目でした。

ニーコは注意深く爪を引っ込めて、体の中で唯一ひんやりしている肉球をおばあさんの頬に当てました。

おばあさんは、ニーコに気づいてくれませんでした。

しばらくすると、おばあさんは縁側に座ったままがくりと頭を垂れ、奇妙な鼾《いびき》をかきはじめました。

どれくらい経ったでしょうか、外はすっかり暗くなりました。

おばあさんは熊のようにのっそりと立ち上がって、部屋の中に入りました。

ひと足ごとにおばあさんの前に倒れて身をくねらせるニーコには目もくれないで、敷きっぱなしの布団に潜り込んでしまったのです。

横になっても、おばあさんは眠りませんでした。

「あぁ、予定日まであと一週間、間に合うかしら、赤ちゃんのカーディガンと靴下……」

布団から突き出たおばあさんの両手は編み物をしているように動きつづけました。

雨が降ってきました。

ひと雨ごとに暖かくなる、という春の雨です。

寝室の窓が網戸になっていることに気づき、ニーコは布団から脱け出しました。

ニャオーン！　アオーン！と鳴きましたが、おばあさんは起き上がってくれません。

目は見開いています。

ときどき、ビクッと手を止めて、吠えるように叫んだり、泣き付くように訴えたりするのですが、言葉にまとまらないうちにスーッと声が退《の》いて、また編み物に戻ってしまうのです。

明け方、嵐になりました。

畳はびしょ濡れ、布団も雨を吸って重たくなりましたが、おばあさんは布団を干そうとはしませんでした。

お風呂に入らなくなりました。

買物に行かなくなりました。

ごはんを食べなくなりました。

ニーコに餌をやらなくなりました。

ニーコは台所の籠に入っていた袋を嚙み千切ってカツオブシを食べたり、ゴミ箱を引っ繰り返して生ゴミを漁《あさ》ったりして飢えを凌《しの》ぎました。

それでも、ニーコはおばあさんから離れませんでした。

ある夜のことです。

突然、おばあさんが裸足のまま公園に駆け出しました。

「しげるぅ！　ひろしぃ！　ゆうこぉ！　晩ごはんですよぉ！　帰ってらっしゃぁい！」

おばあさんの顔は海のように波打っていました。

ひかり公園を取り巻く家々の中から何人かのひとが出てきました。皆、顔を強張《こわば》らせて、何やらひそひそと話し合っていましたが、町内会長の加藤《かとう》さんが警察に通報することになりました。

近づいてくるパトカーのサイレンの音を、ニーコは縁側で聞いていました。


朝が来て、夜が来て、また朝が来ました。

ニーコは仏壇前の座布団の上で丸くなっていました。

玄関のドアが開いて、ニーコは跳ね起きました。

帰ってきたッ！

おばあさんッ！

しかし、家に入ってきたのは、おばあさんではなく、おばあさんの二人の息子でした。

ニーコは忍び足で簞笥《たんす》の隙間《すきま》に身を隠しました。

「うわッ、きったね！」

「ジャージかなんかで来るんだったな」

「これなんの臭《にお》いだ？」

「生ゴミ？　うんこ？」

「トイレ、台所、風呂場は見ないようにしよう」

「殺虫剤、持ってくるんだったな、あと、マスク……」

「母さん、清潔好きだったのにな……」

「昨夜《ゆうべ》、警察から連絡があって、おれ取引先との会食で抜けられなかったんだけど、嫁さんはどうしてもヤダって言うし、警察は『息子なんだから、早く来なさい』って一方的に言うし……」

「すんませんね。兄貴一人にやらせちゃって」

「驚いたもんな、役所のソファに横になってるの、どこからどう見てもホームレスなんだよ、くさいしな」

「わけのわからないことつぶやいてるし、おれたちの顔もわかんない……ショックだったな……」

「しょうがないだろ、呆《ぼ》けたんだから」

「呆けた親なんて、見たくなかったな……」

「父さんは立派だったよ。脳卒中でパタッと逝《い》ってくれたから、おれたちに醜態《しゅうたい》もさらさなかったし、迷惑もかけなかった」

長男は、腐った仏花を倒さないよう気を付けながら、父親の遺影と位牌を紙袋に入れました。

「通帳、印鑑、土地の権利書は、仏壇の引き出しだよ。昔っから、そこだから」

長男は引き出しを抜いて、中の物を調べました。

「おッ、臍の緒と母子手帳、発見……ゆうこに送ってやろう」

「フツー、来るよな」

「しょうがないだろ、三児の母なんだから」

「三児っていったって、大学生だろ」

「たくみくんは、まだ高校生だよ」

「あと、金目の物は？」

「よせよ、その言い方、ドロボーみたいじゃないか……テレビも冷蔵庫も洗濯機も、みんなオンボロだし……あぁ、あれ、宝石箱があったよな、オルゴール付きの……」

「あぁ、あれは、鏡台の中だよ」

次男は鏡台の引き出しを開けて、宝石箱を取り出しました。

蓋を開けると、「エリーゼのために」が流れ出しました。

「いくらもしないんだろうけど、指輪とかイヤリングは形見分けにできるからな」

「まだ死んでないだろ」

「いや、長くはないよ。口から物を食べられなくなったら、死期が近づいてるってことだよ。兄さん、覚悟しといた方がいいよ」

「……撤収するか」

「あぁ」

「水道、電気、ガスは止めた」

「不審火でも出たら、ご近所に迷惑かけることになるから戸締《とじ》まりしたいんだけど、鍵どこにあるかわかんないな」

「おまえ近いんだから、ベニヤ板と金槌と釘持ってきて、打ちつけろよ」

「調べたんだけど、解体って金かかるのな。ひと坪三、四万だって。三十坪だから、諸経費入れて百から百五十万。兄弟三人で割ると、一人三十から五十万……兄さん、この土地売れるまで立て替えといてくれないかな？」

「ムリムリ、うちも火の車だから。解体工事代、病院代、恨みっこなしで三等分にしよう」

「ここ、いくらで売れるんだろう」

「そういう話は、後日改めてってことで」

二人の息子は家を出て行きました。

ニーコには、二人が何を言っていたのか、さっぱり解りませんでした。

けれど、何故だか、おばあさんはもう帰ってこないのだということだけは伝わってきました。

ニーコは、初めてひとりで外に出ました。

もう、家の中には食べ物が残っていなかったのです。

ニーコは公園に行きました。

水溜まりの水を舐め、オンブバッタを足で押さえて食べました。

すると、何かが近づいてくる気配がして、ニーコは体を低くしました。

草むらの中から現れたのは、左耳の先が欠けた茶虎のオスねこでした。

おばあさんが餌をやっていた次郎長です。

そこへ、もう一ぴきが現れました。

今度はオットセイのように黒光りしたオスねこです。

恋の季節です。

ニーコを巡って果たし合いが始まりました。

二ひきのオスねこは頭を低くして向かい合うと、唸《うな》り声を上げながら距離を詰めていきました。黒はとびっきり長いしっぽを右に左にビクンビクンとしならせ、ぼんぼり尾の次郎長はフーフーウーと燃え立つ炎のように背中の毛を逆立てました。

ウギャーッ！　ギャーッ！　二ひきのオスがひと塊《かたまり》になって牙《きば》と爪で攻撃し合い、黒と茶の毛が火花のように飛び散るのを、ニーコは黙って見ていました。

勝ったのは、次郎長でした。

引っ掻かれたのでしょう、前足でしきりに目の辺りを擦っています。

いつもより念入りに身繕《みづくろ》いをすると、アオーン！　アオーン！と次郎長はニーコに近づいてきました。


日が暮れて公園にひと気がなくなると、ニーコはおうちが恋しくなりました。

ニーコは次郎長と別れて、おうちに帰りました。

まず居間の畳で爪を研ぎます。次に前足を伸ばして欠伸《あくび》をします。そして、遺影と位牌《いはい》が無くなった仏壇の前で丸くなります。座布団はおばあさんの膝と同じ匂いがします。ニーコはすっかり安心して、グルグルグルグルと喉を鳴らしはじめました。

おばあさんが居なくなっても、ここはニーコのおうちなのです。

ブォーピーピーピー、家の前に横付けされた二トントラックから白いヘルメットをかぶった作業員たちが降りてきました。三人とも防塵《ぼうじん》マスクと軍手を身に付けています。

作業員たちは家の周りに足場を組んでブルーシートの幕を張ると、家の中に土足で入ってきました。

「おーしッ、せーのッ！」

二人の作業員が冷蔵庫を外に運び出しました。

「あと、おっきいのは、テレビと洗濯機だけど、一人で行けるっしょ」

「おッ、ねこッ！」

高校球児のような面立《おもだ》ちの若い作業員が声を弾《はず》ませました。

「ノラねこ？」

金髪で眉のない作業員がかったるそうにテレビのコードを引き抜きました。

「首輪してるから、飼いねこっスね」

「飼いねこ？　ガリガリじゃん」

「おれ、ちっさい頃、何びきも飼ってたんスよ。今も実家に十六歳の黒ねこが一ぴき居るんスけどね、クロが死んだら、おれ間違いなくペットロスになるな」

「さぁ、作業作業」

と、白髪頭の作業員が二人を突き飛ばすようにしてテレビに手を掛けました。

「ねこ、居るんスよ」

「え？　ねこ？　シーッ！　シッシー！　ジャマだよジャマッ！」

と、サッカーボールのように横っ腹を蹴《け》り上げられたニーコは、痛みと恐怖で縮み上がった顔で作業員を睨《にら》み付け、シャーッ！と体の毛を一本残らず逆立てました。痩せて小さくなった体が、元のように大きく見えました。

「こら、シッ！　シーッ！　ショベルカーに潰されちまうぞ！　シッシーッ！」

年若い作業員は箒《ほうき》を振り回して、ニーコを外に追い出しました。

ニーコは、雑草だらけの家庭菜園を囲ったレンガの陰に隠れました。

金髪の作業員がショベルカーの運転席に乗り込むと、ショベルが高く上がり、塀の一部に打ち下ろされました。

ショベルカーは家に向かって突き進み、再びショベルが高くなりました。

バリバリバリ、屋根に穴が開きました。

年若い作業員はホースを握り、埃《ほこり》が立たないように家めがけて放水しています。

ニーコは家から逃げ出し、公園へと向かいました。

振り返ると、ショベルカーが壁を剝《は》がしているところでした。

今さっきまで屋根と壁で隠されていた居間を、遠くから眺めるのは奇妙な感じでした。

おばあさんといっしょに過ごしたおうち……こたつ……座布団……

次の瞬間、仏壇がグシャッと潰されるのを、ニーコは目にしました。

六月の終わりの蒸し暑い日、ニーコは公園の草むらで六ぴきの子ねこを産みました。

次郎長にそっくりなぼんぼり尾の茶虎、ニーコにそっくりなキジ虎、カギしっぽの茶白、真っ白な長毛、真っ黒な長毛、サビの長毛――、見事に六ぴきとも異なる毛色でした。

ニーコは、昔おばあさんに世話してもらったように、前足で子ねこたちが動かないように押さえ付けて、体を隅から隅まで舐め回し、おしりを舐めてうんこやおしっこを出してやりました。

子ねこたちの目が開いた頃に、父親の次郎長が現れました。

次郎長は、スズメ捕りの名人でした。

近くにスズメが舞い降りると、カッカッカッカッと顎を動かし、おなかを地面に擦り付けるようにしてスズメに忍び寄ります。

ニーコは、スズメを仕留め、口の周りに茶色い羽を付けた次郎長を頼りにしていました。

子ねこたちも、前足に付いたスズメの血を舐める父親を誇らしげに見上げていました。

しかし、ある日、チチチチと草むらから飛び立ったスズメを追ったまま、次郎長は帰ってきませんでした。

いつもだったら手を出さない捕獲器の中のササミの燻製《くんせい》を、子ねこたちにくわえて行ってやろうとして、罠に掛かってしまったのです。

次郎長は保健所に連れて行かれて、三日後に大勢のねこたちと共に処分されましたが、ニーコは何も知りませんでした。

ニーコは、セミやバッタを食べて、なんとか子ねこたちに吸わせるおっぱいを出していましたが、あまりにもおなかが空いて、草むらに仕掛けてあった殺虫剤入りの肉だんごを食べてしまいました。

ニーコは、激しい痛みでコマのようにくるくる回り、ケッケッと血を吐くと草むらに倒れ込みました。

子ねこたちの元に帰らなければと思いましたが、もうしっぽの先を持ち上げることさえできません。

目の前に、絣《かすり》の着物をなおしたスカートが波打ちました。

前掛けがひらひらしています。

スーッと体が軽くなって、子ねこのようにスカートの裾にじゃれつくことができました。

「ニーコ」

おばあさんの声です！

ニーコはおうちに帰ってきたのです！

グルグルグルグルグルグル、あばらが浮き出た脇腹が震えるほどニーコは喉を鳴らしました。まるで歩いてでもいるかのように前足をピクッピクッと交互に動かしました。息を吸おうと口を開けましたが、込み上げてきた血が喉を塞《ふさ》ぎました。半開きの口の中で血まみれの舌が丸まっていました。

冷たく硬くなっていくニーコの上に、屋根も壁もないがらんとした夜空が広がっていました。

スワンのおうち

「こっちこっち！」

ひなちゃんは、ランドセルの筆箱をカタカタいわせながら公園の草むらの中へ走って行きました。

「ひなちゃん、待って！」

と、時子《ときこ》ちゃんも行ってしまいました。

留香《るか》は、三つ編みの先を齧《かじ》って、膝の辺りまでありそうな草むらを睨《にら》みました。

虫、いるだろうな……

いちばん嫌いなのはゴキブリだけど、ガもムカデもダンゴムシもチョウチョもセミもバッタもカブトムシも、気持ち悪い。

虫が飛び出してくる草むらとか山ん中とかも、怖い。

だから、夏は嫌い。

夏休みは二週間先だけど、どっか遠くの海に行きたいな。

岩場だとフナムシとかうじゃうじゃいるから、砂浜がいいな。

去年の夏休みは、家族みんなで伊豆の下田に行って、楽しかったな……レンタカー借りて、お父さんが運転して……お姉ちゃんも、元気だったし……

今年は、旅行ナシかもしれないな……お姉ちゃんひとり残して出掛けるわけにいかないからね……

「るかちゃん、早くッ！　子ねこ、逃げちゃうよ」

ひなちゃんが、草むらの中で手を振っています。

昨日の夕方、お母さんと買物に行った帰り、草むらに真っ白い子ねこがいるのを見たんだって、ひなちゃんが。

もし、時子ちゃんやわたしが見たって言っても、三人で探そうってことにはならなかったと思うんだけど、ひなちゃんの言うことは、ぜったいだから……

留香は、アブラゼミの鳴き声で震動しているように見える桜の木の枝に、体操着と上履きが入ったキルティング袋を引っ掛けて、深呼吸をしました。

息を詰めて、日向《ひなた》から日陰に足を進めます。

いよいよ、草むらです。

ギチギチギチ、バッタが跳ぶ音がしました。

「わッ、虫だらけ……」

留香は思わず声に出してしまいました。

昨夜から昼過ぎまで降りつづけた雨で、草も土も濡れています。

長靴を履いてることが不幸中の幸い。

傘も役に立つ。

こうしてやるッ！　こうしてやるッ！

留香はミッフィーのピンクの傘で草を薙《な》ぎ倒し、お姉ちゃんのお古の赤い長靴で草を踏みつけて、二人の後を追い掛けました。

広い公園です。

滑り台やブランコやジャングルジムがあるどんぐり広場、野球やサッカーの試合ができる運動広場、ゲートボールのためのひなたぼっこ広場——、三つの広場のあいだには勾配《こうばい》があり、木がたくさん植わっていて、近所の子どもたちは隠れん坊をしたり秘密基地を作ったりして遊んでいます。

時子ちゃんのランドセルにタッチした時、留香は腕にヤブ蚊が止まっているのを発見しました。

「蚊だッ！」

留香は、左手で狙《ねら》いを定めて、はたきました。

しましま模様のままつぶれた蚊と、血がべったり……

「ずいぶん、吸われたねぇ」時子ちゃんが歌うような声で言いました。

「るかちゃんって、O型？」ひなちゃんが唇の上の汗を舐《な》めました。

「ううん、B型だけど」

留香は、蚊に食われないよう足踏みをしました。

「O型って、蚊に吸われやすいんだって」ひなちゃんが、ツユクサの青い花を毟《むし》り取りました。

「だから、B型なんですけどぉ」

留香は笑いながら、右足の爪先で左足のふくらはぎを掻《か》きました。

きっと、二、三ヶ所……もっと食われてるかもしれない……草むらん中で立ち止まるのやめてほしいな……探すんなら探す、帰るんなら帰る……

「かゆーい！　神さまー！」

留香は、両手をグーの形にして空に突き出しました。

空は雲一つなく、青いビー玉のようにつるつると光って見えます。

「ときちゃん、かゆい？」ひなちゃんが訊《き》きました。

「ううん」

「二人ともA型だから、ねー」と、ひなちゃんは時子ちゃんと腕を組みました。

「あっ、そう言えば、体温高いひととか汗っかきのひともヤバイって、お母さんが言ってたよ」と得意そうに言って、ひなちゃんは留香のおでこの辺りをじろじろ見ました。

汗っかきなのは、ひなちゃんの方でしょ？　いっつも体操着、汗で背中に貼り付いて脱げないし、今だっておでことか鼻の下に汗の玉が浮いてるじゃん。

留香は思っていることが顔に出ないように注意しながら、音楽の授業で習った歌をうたいました。

ゆぅやけこやけでひがくれてぇ　やぁまのおてらのかねがなるぅ……

黒谷《くろたに》先生はめったに教科書を使わないけど、今日は珍しく「二十六ページ開いてくださぁい」って言って、教科書持ってこなかった子たちは大慌てだった。

おぉててつないでみなかえろぉ　からすといっしょにかえりましょぉ……

帰りたいってサインだと取られると困るから、と留香は途中で鼻歌に切り替えて、傘で草を叩《たた》きました。

「子ねこ、だれかに拾われちゃったのかなぁ」

ひなちゃんが立ち止まって、白いハーフパンツのティッシュとハンカチが入っているポケットの膨らみをポンポンと叩きました。

ひなちゃんって、うまくいかないと、ガッカリを通り越して、いきなりプンプン怒り出すから要注意なんだよね。

で、他人のせいにするでしょ？

でも、今回の場合、わたしや時子ちゃんのせいにしようがないと思うんですけど……され るとしたら、わたしだろうな……

「うわッ、スカートびしょびしょだよぉ」

留香は、首筋に蚊が止まるのを感じて、肩を上げて首に擦り付けました。

「昨日、雨ふったからでしょ」

ひなちゃんは留香を睨み付けて、草の染《し》みが付いたハーフパンツのポケットの辺りを、今度は拳《こぶし》で叩きました。

「今日も、雨ふるはずだったんだけどねぇ。降水確率四十パーセントで、こんなに晴れるなんてサギだよねぇ……」と、時子ちゃんが欠伸《あくび》を嚙《か》み殺しました。

留香は、白と黒のチェックのキュロットスカートの裾《すそ》を摘んで左右に引っ張りました。

これも、お姉ちゃんのお古……

わっ、スカートにひっつき虫がいっぱいくっついてる。

これって、取るの大変なんだよね。

ひっつき虫っていっても、虫じゃなくて草の種なんですけどね。

そう言えば、ひっつき虫って言葉、幼稚園の時に、お姉ちゃんが教えてくれたんだよね。

あの頃はわたし、お姉ちゃん子だったよなぁ。

五コ上だから、ちょうど今のわたしぐらいだったのか、お姉ちゃん……

小三の割に、やけに物知りだったよね。

将来の夢が植物学者っていうだけあって、図書館で植物関係の本ばっかり借りてきて、ひっつき虫の種類とか、やけにくわしかったもんね。

お姉ちゃん、わたしのスカートにくっついたひっつき虫を一つ一つ取ってくれて……

このトゲトゲは、センダングサ……

この爆弾みたいなのは、オオオナモミ……

この爪ブラシみたいなのはキンミズヒキ……

パラパラッといっぱいくっついてるのはヤブタバコ……

口きかなくなって、半年になる。

わたしだけじゃなくて、お母さんともお父さんとも口きかないけど……

このまま学校行かないつもりかな……

お父さんは、暗いし……

お母さんは口ひらくと、かすみ、かすみって、お姉ちゃんの心配ばっかだし……

うちんち、どうなっちゃうんだろ……

ガサッガサッ、草を踏む足音が近づいてきました。

草の隙間《すきま》から赤いランドセルを背負った女の子たちの足が見えます。

子ねこたちは頭を低くして、緑や金茶の目を光らせました。

キジ虎、真っ黒な長毛、サビの長毛、カギしっぽの茶白、ぼんぼり尾の茶虎、真っ白な長毛――、異なる毛色の六ぴきの子ねこたちです。六ぴきともガリガリに痩せ、目脂《めやに》と鼻水で顔が溶けているように見えます。

「いたッ！」

ひなちゃんが、傘の先を白い子ねこに向けました。

子ねこたちは一斉にフーッと背中としっぽの毛を逆立て、鋭く小さな白い歯を見せました。

「すごい怒ってる」

「どうする？」

「その白だよ、昨日見た子ねこ……おいで、おいで……」ひなちゃんが腰を屈《かが》めて白い子ねこに手を差し伸べました。

白い子ねこは両耳を伏せ、緑色の目の中の黒い瞳孔《どうこう》で女の子の顔を捉《とら》えました。

「ひなちゃん！　やめなッ！　引っ掻かれるよッ！」

「えみこ呼ぼうよ、えみこ。えみこんち、ねこ飼ってんじゃん」

映美子《えみこ》は、今年の初めに隣町に引っ越して、学区外通学してるから、自転車でも二十分はかかるんだよ、カワイソーだよ、メーワクだよ、メーワク！

ひなちゃんは、首からぶら下げたオレンジ色の携帯電話のボタンを押しました。

三年一組で、学校に携帯電話を持ってきているのは、ひなちゃん一人だけです。火曜日と木曜日に電車で塾に通うからって理由で例外的に認められてるけど、今日は金曜日で、ほんとうは校則違反なんですけどね……

「もしもし、えみこ？　子ねこが、いっぱいいるの！　いま公園にいるんだけど、来られない？……習字かぁ……うん……じゃあね……うん、あとで、メールする……」

ひなちゃんは携帯電話から手を離し、先の尖《とが》った細長い草を毟《むし》って、言いました。

「とりあえず、捕まえようよ！」

草むらに隠れている子ねこは三びきで、桜の幹に爪を立てて木の上に逃れようとしている子ねこが三びき——。

「ときちゃんは、薬屋さんで段ボールもらってきて！　なるべくでっかいヤツね、クリネックスとかが入ってるでかいヤツだよ。るかちゃんは家帰って、軍手持ってきて！　軍手がなかったら、台所のビニール手袋でもいいよ。お母さんが食器洗う時に使うヤツ。わたしは、ここで子ねこが逃げないように見張ってるから、十五分以内に戻ってきてよッ！　遅れたら、罰ゲームで一週間口きかないからねッ！」

命令するなッ！

なにさまだよッ！

留香は、ランドセルを草の上に放って駆け出しました。

でも、一週間口きいてもらえないのは、ツライな……

他の子は他の子と仲良くて、みんなグループつくってるから、途中から入れてもらうなんて不可能だもん。

仲間ハズレは、イヤだ。

お姉ちゃんみたいに、学校行けなくなっちゃう……

留香は、タッタッタッタッと大袈裟《おおげさ》な靴音を立てて坂道を駆け下りました。

光町は坂が多い町です。

ひかり公園と、公園をぐるっと囲む車道沿いの家だけが山の上の平地にあるのですが、大半の家は山の斜面にあり、学校や病院や商店街は山の下にあります。

光町では、坂を上り下りしないと生活できないのです。

全速力で走ったけれど、玄関の置き時計を見るともう四時半で、もしかしたら、もう十分ぐらい過ぎちゃってるかもしれない、と留香は息を切らしながら台所に向かいました。

お母さんは、お買物か……

お姉ちゃんは二階にいるんだろうけど……

留香は、流しの蛇口にかけてあるピンク色のビニール手袋をつかんで、なるべく足音を立てないように廊下を歩きました。

トイレの前を通り過ぎる時、微《かす》かにトイレットペーパーの巻軸が回る音が聞こえました。

お姉ちゃんだ……

留香は汗でべたつく火照《ほて》った首筋に冷たいものが走るのを感じて、体を強張《こわば》らせたまま急いで靴を履きました。

そりゃ、トイレにも行くよ。

生きてるんだから……

でも、三年前に死んだお祖父《じい》ちゃんの顔をうまく思い出せないように、お姉ちゃんの顔を思い出そうとすると、記憶の中に光の靄《もや》みたいなものが漂って、よく見えなくなる。

留香は、自転車の前籠《かご》にビニール手袋を入れると、腰を浮かして力いっぱいペダルを踏み、立ち漕《こ》ぎで坂道を上って行きました。

時子ちゃんは、薬屋さんで段ボールをもらってくるから、十五分以内に到着するなんて、ぜったい無理。

いま行ったら、ひなちゃんとふたりきりになっちゃう。

ひなちゃんとふたりっきりっていうのは、ちょっとっていうか、かなり気まずい。

わたしたち三人は同じ町内に住んでるし、幼稚園からずっといっしょのオサナナジミなんだけど、なんかいっつも2プラス1なんだよね。

ひなちゃんと時子ちゃんのお母さんが、とっても仲良しだってことも大きいと思う。いっしょに駅前のお菓子教室に通ってるらしいし、両方の家族でディズニーランドに行ったんだって……家族ぐるみなんだよね……

さっきも、ふたりはA型で、わたしは違うって仲間ハズレにしたし、定番なのは、ふたりはひとりっ子で、わたしにはお姉ちゃんがいるっていう……

かすみお姉ちゃん……

留香は左手をハンドルから離し、蚊に食われた右腕を掻きました。

掻き過ぎて、血が出てきたじゃん。

最近、お母さんが爪切ってくれないからだよ、お母さんのせいだよ。

爪のびたから切って、ってお願いできる雰囲気じゃないんだよね。

お母さん、いつも怒った顔してるから。

わたしを怒ってるわけじゃなくて、お姉ちゃんを学校に行かせられない自分に対して怒ってるんだろうけど……

お母さんの頭の中は、お姉ちゃんのことでいっぱい。

うちには「学校、どうだった?」とか、わたしに訊いてくれるひとはひとりもいない。

ひとりっ子だったらよかったのに……

お姉ちゃんなんかいなかったらよかったのに……

お姉ちゃんなんか、死んじゃえばいいのに……

ダメ、そんなこと思っちゃダメ……

上り坂は終わり、緩やかな下り坂になりました。

留香は、ペダルを漕ぐ足の力を抜き、左目で真新しい駐車場を見ました。

ここ、なんだったっけ？

家だったと思うけど、どんな家だったかな？

家って、無くなるとすぐに思い出せなくなっちゃう。

留香は公園の中に入って、ベンチの横に自転車を停めました。

自転車から降りて駆け出した途端に、つまずいて転びました。

擦り剝《む》いていないか膝を調べました。

膝小僧についた砂は、ガトーショコラに降りかかってる粉砂糖みたいだ、と留香は思いました。

お母さんが去年のわたしの誕生日に焼いてくれたガトーショコラ……

うちのお母さんは、お菓子教室なんかに通わなくったって上手にケーキを作れるんだもんね。

大きな雲がのんびりと青空を横切って、ブランコ、鉄棒、雲梯《うんてい》、滑り台、砂場を順々に紹介するように影にしていきましたが、留香は遊具には目もくれずに走って、どんぐり広場を突っ切りました。

「遅ぉい！　早く早く早くぅ！」

留香の姿を見つけたひなちゃんが、広げるとパンダの顔になる白い傘を振り回しています。

「ときちゃんは？」

「まだだよ」

「ビニール手袋、持ってきた？」

「あっ、自転車のかごだ」

「バカッ！」

自転車にUターンした留香は、怒りで顔が赤くなるのを感じました。

バカ――、なんで、バカなんて言われなきゃなんないわけ？

おまえの方がバカだよ、バーカ！

留香が、自転車の前籠からピンクのビニール手袋を取って振り返ると、時子ちゃんが大きな段ボールを持ってやってくるのが見えました。

「手袋は一つしかないし、るかちゃんちの手袋なんだからるかちゃんが捕まえて。ときちゃんとわたしは、傘で逃げないようにカバーするから」

と、ひなちゃんは微《かす》かに眉をひそめて値踏みするように留香を見ました。

睨《にら》み返してやりたかったのに、留香はおずおずと笑って、

「引っ掻かれたり、噛みつかれたりしたら、どうしよう……」

と、ビニール手袋の手で三つ編みをつかんで、先っぽを永久歯に生え変わったばかりの前

歯で噛みました。

「だいじょうぶ。よしッ、捕まえよう！」

と、ひなちゃんがパンダの傘を開くと、時子ちゃんもナナホシテントウの傘を開いて、盾のようにして草むらを進んで行きました。

留香は、草むらに身を屈めて子ねこの姿を探すことで、喉まで出かかっている怒りと不満を黙らせました。

「あぁ、木の上だぁ」

時子ちゃんが閉じた傘の先を木の上に向けました。

木の上にキジ虎、サビの長毛、ぼんぼり尾の茶虎、三びきの子ねこがいます。

春には数え切れないほどの花びらを降らせた大きな桜の木です。

彼女たちの背の倍ぐらいの高さまで登らないと枝がありません。

彼女たちは、釣り針のような引き込み式の爪を持っていないのです。

樹上の子ねこたちは、生い茂る若葉の隙間から幹の周りで騒いでいる女の子たちと、開いたり閉じたりする傘を見下ろしています。

「わたし、こんな木のぼれないよ。のぼれたとしても、子ねこ捕まえる時、手を木から離さなきゃいけないでしょ？　落っこちちゃうよ」

留香は唇を尖《とが》らせたまま早口で言ってのけました。

留香が口答えをするのは初めてだったので、ひなちゃんと時子ちゃんはびっくりしたような顔をしています。

「それにビニール手袋はめてるし、そうだよ、これ、どうするの？　はめたままじゃのぼれないし、木の上ではめるのも無理だよね？」

留香は自分の中の怒りを総動員して、さらに早口になりました。

でも、ほんとうは、違うの。

木登りは得意なの。

これくらいの木だったら、飛びついて、枝に手さえかけられれば登れるんだよ。

小一の夏休み、日光の中禅寺湖《ちゅうぜんじこ》の近くに泊まった時、ホテルの周りの大きな木を、お姉ちゃんとふたりでつぎつぎセイハしていったんだもんね。

セイハって、木の天辺までだよ。

桜の木にも登ったんだけど、アレがいたの、アメリカシロヒトリ。つかんだ枝の葉っぱにアメリカシロヒトリの幼虫が巣を作ってて、お姉ちゃんとふたりして顔とか首とか腕とか刺されまくって真っ赤になっちゃったんだよ。

わたしは、毛虫が嫌いなんです。

虫という虫が、大嫌い。

でも、ひなちゃんと時子ちゃんには、わたしの弱点を知られたくない。

知られたら、虫を使ってイジメられそうな気がする。

「木の上にいるのは三びきだけだよね？　じゃあ、下にいる三びきを捕まえよう」

ひなちゃんの声はちょっとばかり上擦《うわず》っているように聞こえました。

「あっ、いた！」時子ちゃんがナナホシテントウの傘の先を草むらに向けました。

「どこ？」

「そこ！」

「いたいた、茶白と真っ黒！」

「捕って捕って！」

ひなちゃんと時子ちゃんが、子ねこたちの背後に回り込み、開いた傘で壁を作りました。

留香は、ひと足ひと足、子ねこに近づいていきました。

茶白の方は、カギしっぽをこれ以上ないぐらいに膨らまして、シャア！シャア！と威嚇《いかく》しながら後退《あとずさ》っていますが、黒い方は長いしっぽを前へ後ろへと動かしながら攻撃をするタイミングを計っています。

留香がピンクのビニール手袋をした右手を差し出すと、黒ねこは勇敢にパンチを繰り出しました。

「今だッ！」

「行けッ！」

という二人の声に舌打ちして、留香は黒ねこの首根っこをつかんで段ボールの中に入れました。

そして、茶白の子ねこに手を伸ばし、両手でつかみました。

茶白は琥珀《こはく》色の瞳を閃《ひらめ》かせて、その手に噛み付きました。

小さな歯がビニールを突き抜け、手の甲に突き刺さりました。

「痛ッ！」

留香は段ボールにねこを放り入れました。

「るかちゃん、スゴイ！」

「ねこ捕り名人！」

茶白は段ボールの隅にうずくまり、黒はジャンプして滑り落ち、またジャンプして——、
ひなちゃんが段ボールの上にパンダの傘をかぶせて両手で押さえました。

「ひなちゃん、あと一ぴき、白い子ねこ」

「あそこだ！」

白い子ねこはつつじの植え込みの中にいました。

太陽は、ちょうど桜の木の真上にありました。

桜の葉で網のようになった光は、留香と白い子ねこをいっしょに捕らえていました。

植え込みの前に屈んで、ぎょっとするほど鮮やかなサファイアグリーンの目と、目を合わ

せた瞬間、足元がぐらりと傾《かし》いで、留香は気が遠くなりました。

暑い。

暑過ぎる。


ゆぅやけこやけでひがくれてぇ　やぁまのおてらのかねがなるぅ……

防災無線の試験放送の「夕焼け小焼け」のメロディーが、ひかり公園の周りをぐるっと取り囲んでいるスピーカーから流れました。

五時だ。

お母さん、もうお買物から帰ってきちゃってるかなぁ。

ビミョーな線だと思うけど、お母さんいたら、どうしよう……

話さないわけにはいかないしな……

ねこぉ……

留香は、自転車の前籠のランドセルを恨《うら》めしそうに睨みました。

さっきまでニャアニャア鳴きわめいて、ランドセルをカリカリ引っ搔いたりして大騒ぎだったけど今は静か……

おしっことかされたら、わたしのランドセル、どうなっちゃうんだろう？

でも、どうせこのランドセル、お姉ちゃんのお古だから、新しいの買ってもらえるかもしれない。

三年生なのに、ピカピカのランドセルなんてヘンか……

お姉ちゃんのお古よりはマシだよ。

留香は、家の前のガレージに自転車を停めて、サドルにまたがったまま家の中の様子を窺《うかが》いました。

真っ暗……

お母さん、まだ帰ってないんだ。

留香は、自転車のスタンドを立てると、ハンドルにぶら下げていた体操着と上履きのキルティング袋をかかえて、しばらく前籠のランドセルを見詰めていました。

白い子ねこをほしいって言ったのはひなちゃんなのに、なんでこんなことになっちゃったんだろう？

ひなちゃんちで飼うんだと思ってた。

だって、ひなちゃんの命令に従って、時子ちゃんは段ボールをもらってきて、わたしは子ねこを捕まえたんだからね。

「名前を付けよう」って、ひなちゃんが言い出して、茶色と白のまだらな子ねこはバタコ、毛の長い真っ黒な子ねこはアンコってすんなり決まったんだけど、真っ白な子ねこは、ひなちゃんの思い入れが強くって、なかなか決定しなかった。

最終候補として、ひなちゃんがマシュマロ、時子ちゃんがミルク、わたしがくも……

虫の蜘蛛《くも》じゃなくて、空の雲のことだよって説明したんだけど、「説明が必要な名前なんてダサイ」ってひなちゃんに却下された。

時子ちゃんのミルクも、「わたし、ミルクって嫌いなんだ。アイスミルクは鼻つまめば飲めないことはないけど、ホットミルクは、あのベロンとした膜が嫌い」って、却下。

結局、ひなちゃんが考えたマシュマロに決まった。

「マシュマロって呼びにくいから、マロになっちゃうよね。マロって響き、あんまりかわいくないかも」って言ってやりたかったんだけど、そんなこと言えるわけないよね。

三びきの子ねこの名前が決まり、「どうする?」とひなちゃんに訊かれて、「どうしようか?」と、留香は何も考えずに訊き返したのでした。

「うちは動物禁止のマンションで、ときちゃんちは、お母さんが妊娠してて赤ちゃんが生まれるから、ダメなのね」と、ひなちゃんが時子ちゃんに目配せしました。

「マシュマロは、るかちゃんちで飼ってくれる? そしたら、ひなちゃんと、ときどき見に行くから」と、時子ちゃんがひなちゃんとくっついて、ふたりは腕を組みました。

「でもね、わたしが中学生になる時に、おうちを建てるのね。おうちを建てたら、ひなの好きな動物を飼っていいよって、パパが言ってたから、一時保護だよ、あと四年」と、ひなちゃんは指を四本突き出して、汗がいっぱい付いた鼻を膨らませました。

うちんちは、お姉ちゃんがいるからダメなんだよ。

でも、それは言えないし、言ったたって、うまく説明できない。

だって、なんで学校に行かないで家にいるのかなんて、お姉ちゃんにしかわからない話だから……

「うちも、お母さんが動物好きじゃないから無理なんだけど、え？　でも、あれ、どうして白だけなの？　バタコとアンコはどうするの？」

白い子ねこをマシュマロと呼ばないことで反抗したつもりだったんだけど、ひなちゃんにとっては、わたしの反抗なんて蚊にさされるぐらいのもんなんだよ、ブーン、うるさいなぁ、チクッ、かゆいなぁ、ぐらいのもん……あぁ、アメリカシロヒトリぐらいの毒が欲しい……

「バタコとアンコは、ひなたぼっこ広場にある秘密基地に段ボールに入れて隠しとくの。うちからちょっとずつ食べもの持ってきて、とりあえず三人で育ててるんだよ。給食も、白身魚のフリッターとか、笹かまぼこのいそべ揚げとか、ねこの好きそうなものが出たら、ビニール袋とかハンカチにくるんで持ってきてさ。それで、落ち着いたら、動物好きの黒谷先生あたりに相談して、飼い主募集してもらうんだよ。放送委員会に頼んで、お昼の校内放送の時に話してもらったら、きっと、飼い主、見つかると思うよ。この子たち、毛が長くてフワフワでしょ？　アンコとマシュマロは緑の目だし。きっとペルシャかチンチラの子どもだよ。わたし、こないだの日曜日、パパといっしょにペットショップに行ったんだけど、チンチラの子ねこ、こんな感じだったよ。買うと二十万ぐらいするんだよ！」

留香は、段ボールの中の子ねこの目を見ました。

オスメスの区別はまだ判らないけれど、目の色ははっきり違っていて、バタコの目はべっこう飴《あめ》みたいな金色で、アンコとマシュマロの目はラムネの瓶《びん》に入っているビー玉みたいな緑色でした。

白い子ねこを留香のランドセルに移すことが決まってしまいました。

留香は、ランドセルに入っていた教科書やノートや筆箱を体操袋に押し込んで、白い子ねこをランドセルに入れるしかなかったのです。

どうしよう……

「飼うんじゃなくて、一時保護だよ。四年たったら、ひなちゃんに返すんだから」って言っても、「どうして、なんの相談もなく動物を家に連れてきたの？　ねこなんてダメですよ。元の場所に戻してらっしゃい」ってお母さんに叱られるに決まってる。

ひなちゃんのお母さんに電話されたらどうしよう？

そんなことされたら、わたし、仲間ハズレになっちゃう。

ひなちゃんと時子ちゃんの名前を出さないで説明しないと……

嘘をつこう。

どんな嘘をつく？

留香は下唇を噛んで、玄関のドアを開けました。
外は息が詰まりそうなほど暑いのに、家の中の空気はひんやりしていました。
靴を脱いで、廊下に足を踏み出しました。
とりあえず、わたしの部屋でねこをランドセルから出そう。
足音を立てないように階段を上ったのに、二階に上がったところでねこが鳴きました。
ニャア！　ニャア！
留香の耳にねこの声が痛みのように響きます。
玄関に子ねこが捨てられてて、ドア開けたら入ってきちゃったたって嘘つくしかない。
でも、だったら、ランドセルの中にねこがいるなんてヘンじゃん。
留香は、二階の廊下でランドセルの蓋《ふた》を開けました。
すると、子ねこはドアの隙間《すきま》から部屋の中に入ってしまいました。
かすみお姉ちゃんの部屋だ……
どうしよう……
どうして、ドアが開いてたんだろう……
どうする？
留香は意を決してノックをしました。
返事がありません。

ドアノブをつかんだその瞬間、ドアが開きました。

留香は、火傷《やけど》でもしたかのようにドアノブから手を離しました。

目の前に、お姉ちゃんの顔がある。

お姉ちゃんが、わたしの顔を見てる。

目の位置が、そんなに高くなってる。

かすみお姉ちゃんは、お母さんに似て背が低くて、運動会ではいつも最前列だったけど、わたしはお父さんに似て背が高いから、あと一年ぐらいしたら追い越すかもしれない……と、ぜんぜん違うことを考えているのに、留香の口から「ねこ」という言葉が飛び出しました。

「ねこ」かすみも言いました。

カナカナ、カナカナカナカナ、というヒグラシの鳴き声に急《せ》かされているような気がして、留香が早口で説明しました。

「ひかり公園に捨てられてたの。六ぴきいたんだけど、子ねこだけで、お母さんねこはいなかったの」

「ほかの子ねこは？」

「三びきは木の上に逃げた。三びきは捕まえて段ボールに入れた。段ボールは公園の秘密基地にある」

「あの公園は、ノラねこの糞尿の臭いで迷惑していますとか、ノラねこに餌をやるのは禁止ですって看板があちこちにあるでしょう？　光町は、ねこ嫌いのひとが多いから危険だよ」

かすみの声は平らで生気がありませんでした。

「ひなちゃんが飼うんだって。今は、動物禁止のマンションに住んでるからダメだけど、四年後におうちを建てたら引き取るって言ってた。だから、一時保護なんだけど……」

ふうっと息を吐くと、姉と普通に話をしていることと、嘘の話をしなかったことへの驚きが、留香の胸に押し寄せてきました。

留香は姉の目を見ました。

かすみの目はとても大きく、とても静かでした。

「そんなの嘘だよ。子ねこは半年でおとなと同じ大きさになるんだよ。四年後に、ほんとうにひなちゃんが一軒家に引っ越したとして、ひなちゃんが四歳になった大きなねこを引き取ると思う？　ひなちゃんは、ペットショップで小さい子ねこか子いぬを見つけて、お父さんにおねだりして買ってもらうと思うよ」

と、かすみは腕組みをしました。

夏なのに長袖の白いパーカーを着ています。

「ねこ、どうするの？」

かすみは眼鏡の奥から妹を見詰め、長い睫《まつげ》毛をそっとしばたたかせました。

「…………」

留香は困って、かすみの部屋に目を逃しましたが、知らない家の知らない人の部屋を覗き見しているような気がして、視線を彷徨《さまよ》わせました。

壁のハンガーには、見慣れた制服が掛かっていました。

かすみが通っていた女子校のセーラー服です。

お姉ちゃんは、小学三年の時から進学塾に通って、第一志望の女子校に合格したのに……

お母さんは、「るかも、お姉ちゃんと同じ学校に通えるといいね」って、わたしも小三から同じ塾に通う予定だったんだけど、お姉ちゃんが学校に行かなくなって、塾の話は立ち消えになっちゃったみたい……

留香がセーラー服から姉の顔に目を転じた時、かすみの大きな目が妹の目を捕らえました。

「飼うの？」

「うん」

留香は、自分でも思いがけない返事をしました。

「じゃあ、まず、洗おう。公園に捨てられてたなら、ノミとかダニが付いてるから」

「ねこ、どこ？」

「ベッドの下」

「るかりん、捕まえられる？」

「られる。わたし、ねこ捕り名人だから！」

留香は久しぶりに「るかりん」と呼ばれたことがうれしくて弾んだ声を上げました。

るかりん復活！

わたしは「るかりん」、お姉ちゃんは「かすみん」って、ふたりだけのあだ名で呼び合ってたんだけど、まだ「かすみん」は復活させられそうにない。

だって、ちょっと恥ずかしい……

留香がベッドに潜ってにじり寄ると、子ねこがベッドの下から飛び出しました。

「かすみん、捕まえて！」

留香がベッドの下で叫びました。

「捕まえた！」

十四歳のかすみが、九歳の妹と同じような子どもらしい高い声を上げました。


留香は、かすみの助手を務めました。

暴れる子ねこの頭から洗濯ネットをかぶせて、手早くジッパーを引き上げました。

洗面器にお湯を入れて、シャンプーを溶かして指で泡立てました。

かすみがジーンズを膝《ひざ》のところまで折り上げ、白いパーカーを肘《ひじ》のところまで捲《まく》り上げて言いました。

「るかりん、子ねこ！」

留香は、洗濯ネットごと子ねこを抱いて、かすみに渡しました。

「いい子ぉ、怖くないよぉ、きれいにしてあげるからねぇ」

かすみは、優しい歌うような声で子ねこを励《はげ》まし、子ねこのおしりからそうっと洗面器に入れました。

ニャア！　ニャア！

子ねこは大きな声で鳴きましたが、かすみは手を休めませんでした。

「ほら、ノミだよ、ノミが浮いてきた。マダニがいたら困るから、明日、動物病院に連れて行こう。予防接種も打ってもらった方がいいから」

留香が覗き込むと、白い洗面器に黒ゴマのようなノミが点々と浮いていました。

「この子、お風呂、嫌いじゃないかも。鳴いてるけど、体の力は抜いてるから。いい子だねぇ、次から洗濯ネットやめてあげるからねぇ」

毛が濡れた子ねこの体は肋《あばら》骨が浮き出るほど痩せていて、両手に収まるぐらいの大きさしかありませんでした。

「ガリガリだよ……かわいそうに……るかりん、バスタオル一枚持ってきて」

留香は、ピンクのバスタオルを姉に渡しました。

かすみは洗濯ネットから子ねこを出して、バスタオルでくるみました。

「さぁ、ドライヤーだ。おとなしくしててくれるかなぁ」

ドライヤーの電源を入れると、子ねこは体を硬くし、子ねこを押さえるかすみの左腕も硬くなりました。

ブォォォォォ……

ニャア！　ニャア！

かすみの顔は汗だくです。

汗の玉が次から次へと顔を伝って、ポタッ、ポタッと落ちていきます。

かすみが左手の袖《そで》で額を拭った瞬間、留香は見てしまいました。

手首の赤い線……何本もある……

「ふわふわぁ……真っ白ぉ……綿菓子みたい……ほら、見て！」

振り返ったかすみは、妹が手首の傷を見ていることに気づき、慌ててパーカーの袖を引き下ろしました。

その拍子《ひょうし》に、子ねこがジーンズに爪を立てて、かすみの体をよじ登りました。

「爪も切らなきゃね」

肩に乗った真っ白な子ねこは、かすみの耳のすぐ傍でゴロゴロと喉を震わせました。

玄関のドアが開く音がしました。

「ただいまぁ、遅くなっちゃった……」

お母さんは両肘に掛けていた買物袋を玄関に下ろし、サンダルを脱ぎました。

「あら、るか？　るかちゃん！」

お母さんは、洗面所のドアを開けました。

るか……

かすみ？

ねこ？

「ねこ！」

お母さんは叫び声を上げました。

「ちょっと！　そのねこ、どうしたの！」

かすみは肩の子ねこを胸に抱きました。

「拾ったの」

「拾ったって……どうするの？」

「飼う」

「ねこは、ダメですよ」

「飼います」

「そんなの聞いてないわよ、なんの相談もなく……」

「でも、お母さんは、いつもなんの相談もなく決めるよね？」と、かすみは留香が見たことのない鋭い目付きをしました。

「…………」

「この子は、わたしとるかが飼います」

と、母親の顔を睨んだかすみの目はますます光って見えました。

留香は、お母さんにクッキー詰め合わせの空缶をもらって、外に出ました。

「ねこは砂におしっこするんだよ。るかりん、公園の砂場からちょっとだけ砂もらってきてくれる？　今日だけだから。明日、ちゃんとしたねこトイレと砂とキャットフードを買うから」

お姉ちゃんは、わたしに命令した。

子ねこはわたしが見てるからって。

でも、子ねこを見る係がわたしで、砂もらう係がお姉ちゃんでも良かったわけだよね？

だって、砂場から砂もらうってドロボーだよね？

しかられたら、どうすればいいの？

お姉ちゃんは、お母さんが晩ごはんを作りはじめたら、なんにもなかったみたいな顔して台所に行って……

「今日のおかず、ねこの食べられそうなものってある？」

「ブリの塩焼きはどうかしら？」

「じゃあ、わたしの分は塩ふらないで焼いてくれる？　ねこと半分コにするから」

お姉ちゃんは、いつもズルい。

留香は、誰もいない砂場で、クッキーの空缶をショベルカーのようにして砂を入れ、足りない分を手でつかんで入れました。

あ、段ボールの中の子ねこたち、だいじょうぶかな？

留香は、砂を入れてずっしりと重くなったクッキー缶をかかえて秘密基地へと向かいました。

秘密基地はひなたぼっこ広場の斜面にあります。

ひなたぼっこ広場は、ゲートボールを楽しむお年寄りのための運動場で、夏場は午前中しか使われないので、秘密基地を作るのにはちょうどいい場所なのです。

秘密基地というのは、桜の根と根のあいだに掘った横穴で、昔は防空壕《ぼうくうごう》だったという噂もあります。

夜ひとりで入るのは、怖い。

ヤブ蚊にいっぱい刺されそう。

でも、子ねこ……

留香は、切株の上にクッキー缶を置いて、つつじの植え込みや雑草をつかんで斜面を下りて行きました。

暗がりに目が馴れて、木や石や草の形が見えてきました。

背の高い、とんがった葉っぱはススキだよ、手が切れるからつかんじゃダメだよって、かすみんが昔よく注意してくれた。

ヤダ……お姉ちゃんのことばかり考えてる……

お姉ちゃんって、わたしのなんなんだろう……

留香は、真っ黒な秘密基地の入口をおそるおそる覗きました。

段ボール、ない……

ないよね……

ひなちゃんたち、別の場所に隠したのかな?

それとも、段ボールから出して木の上の子ねこたちと合流させたのかな?

留香は、子ねこを捕まえた場所に戻ってみることにしました。

ジ……ジ……

短い寝言のようなアブラゼミの鳴き声が聞こえます。

〈ノラネコやハトにエサをやらないでください〉という立看板が目に付きます。

こんなあちこちに立看板なんてあったっけ?

誰かが、つつじの植え込みの前にしゃがんでいます。

黒っぽいジャージを着た男の人です。

通り過ぎるフリをして近づくと、男は植木皿に缶詰を逆さにしてマグロフレークを入れてスプーンでほぐしています。

子ねこたちが食べています。

桜の木の上にいたキジ虎、サビの長毛、ぼんぼり尾の茶虎――、留香が段ボールに入れた茶白と真っ黒な子ねこは、いないようです。

男が両腰に手を当てて立ち上がり、うーんと声を出して腰を反《そ》らした時、顔が見えました。

田中さんです。

「こんばんは」留香はペコリと頭を下げました。

「こんばんは」田中さんは植木皿をつかんで、そっと背中に隠しました。

田中さんは、夏休みの「早起きラジオ体操会」で出席カードに判子《はんこ》を捺《お》してくれる「光町子ども会」の会長なのです。

去年は、わたしとかすみお姉ちゃんが皆勤賞で、五百円の図書カードを二枚ももらっちゃったんだよね。

今年は、かすみお姉ちゃんは欠席するだろうな……

あ、またお姉ちゃんのこと考えちゃった……

「こんな遅くに、どうしたの？」と田中さんは訊ねました。

「ちょっと……」と留香は口籠もり、田中さんのズボンの裾にじゃれついている子ねこたちに目を落としました。

ぼんぼり尾の茶虎がマグロフレークの空缶に顔を突っ込み、

「危ないッ」

と、田中さんは空缶を取り上げようとして、落としてしまいました。

空缶はタイヤのように転がり、ブランコの柵を越えました。

留香は走って空缶を拾い、わたしは他のおとなに言い付けたりしません、わたしは田中さんの味方です、という気持ちを込めて、田中さんに空缶を手渡しました。

そして、言いました。

「わたし、この子たちのきょうだいの白い子ねこを飼うことにしたんです」

「あぁ、それはうれしいね。おじさんとこは、十歳を超えた年寄り猫を三びきも飼ってるから、もう飼えないんだよ。いちばんの古株は、トン吉って名前の灰色のヤツなんだけど、腎臓を悪くしてね、カモメ動物病院の港《みなと》先生のところにお世話になっているんだけど……」

留香は訊《たず》ねてみることにしました。

「あのぅ、あと二ひきいたんですけど、どこ行ったか、知りませんか？」

「え？　お友だちが連れて帰ったんじゃないのかい？」

「いいえ」留香は、自分が捕まえて段ボールに入れたということは黙っていました。

「それは、マズイね。町内会で捕獲器を仕掛けてるからね……保健所に連れて行かれたのかもしれない……この子たちも港先生のところに一時保護してもらって、里親募集した方がいいのかもしれないいな。お名前、なんて言ったかな？」

「小林留香です」

「留香ちゃん、ぬいぐるみと違って、ねこには心があるからね。それを忘れちゃダメだよ」

留香は、田中さんの足元にしゃがんで一丁前に顔を洗う仕草をしているキジ虎の子ねこをじっと見詰めました。

家を出た時よりも月が高く上がっていて、ジャングルジム、滑り台、雲梯、鉄棒、ブランコの影が長く伸びていました。

留香は月の白っぽい光を全身に浴びて夜の公園を歩きました。


家に帰ると、お父さんが帰ってきていました。

留香が、クッキー缶をリビングの隅に置くと、かすみが白い子ねこを抱いて砂の上にのせました。

子ねこは、しばらく砂の匂いを嗅いでいましたが、腰を落としておしっこをして、前足で砂をかぶせました。

ビールを飲みながら、獅子《しし》唐《とう》じゃこ炒めをつまんでいたお父さんが、明るい感嘆の声を上げました。

「賢いなぁ。一度で覚えた」

子ねこよりも、かすみがリビングに居ることを喜んでいる様子でした。

台所から晩ごはんのおかずをお盆にのせてやってきたお母さんが、晴れやかな声を上げました。

「さぁ、今日は、ブリの塩焼きと、茄子《なす》と手羽中のオイスター煮込みを作ってみたのよ。お茄子が紫色でおいしそうだったから、たくさん買っちゃった。明日の晩のおかずは、茄子の肉詰め揚げですからね」

お母さんも、数ヶ月ぶりに家族全員で食卓を囲めることがうれしくて仕方ない、といった様子でした。

ピンク色のロングTシャツを着ているかすみは、花柄のタオルケットの上に細くて長い両腕を出しています。

白い子ねこは、枕の上です。

子ねこは、かすみの顔に寄り添って、体の中でいちばん柔らかいおなかで右耳を塞《ふさ》いでいます。

くすぐったい……

でも、よく聞こえる……

スースー……寝息……

キュルキュル……おなか……

かすみは、空いている方の左耳で家の中の静寂を聞いています。

なんの音もしない。

隣の留香の部屋からも、一階のお母さんとお父さんの寝室からも……

わたしは、この家に居る気がしない。

あの学校に居る気もしなかったけど……

模試の合格率はぎりぎりのところだった。

塾の三者面談では、「第二志望の女子校にした方が確実です」と言われたんだけど、お母さんが、「第一志望に合格するために三年間も塾に通わせたんですよ」と言い張った。

正直に言うと、わたしは、小学校のみんなといっしょに地元の公立中学に通いたい、と思っていた。

合格発表の校庭で、お母さんはわたしをぎゅっと抱き締め、抱き締めたまま跳び上がって頬や額にキスの雨を降らせた。

合格発表の日も、入学式の日も、お母さんは笑っていた。

わたしは、お母さんの笑顔を見るために勉強していたんだ、ということに気づいた。

自分のためではなくて――。

わたしの中には、なんの感情の重みもなかった。

もう何も残っていなかった。

空家みたいだった。

お母さんは、夜更けまで受験勉強をしているわたしの肩に手を置いて、こう言った。

公立は高校受験があるけど、中高一貫の私立は受験がないから、中学校の三年間はのんびりできるわよって……

一年生の最初の中間試験の成績表を見て、わたしは驚いた。

全教科10段階評価で、一教科ずつ順位が付いていた。

数学、英語、化学が赤点で、総合点の順位は二百人中百九十八番目だった。

補習と追試を受けてなんとか及第点をもらい、夏休みは毎日勉強したから、二学期の成績は多少マシにはなったけれど、三学期の学年末試験でビリになってしまった。

お母さんが学校に呼び出されて、このままでは留年もあり得ると言われた。

担任の先生も、お母さんも、お父さんも、ガンバレとしか言わなかったけれど、わたしは、もうガンバレなかった。

もう限界だった。

わたしは自信があるフリをしていた。

でも、それは、自信ではなくて、怒りだったんだと思う。

教室ではいつも、怒りで全身を硬くしていた。

一年B組のクラスメイトたちの口が動き、上履きの足が動き、わたしの机の横を制服のスカートが通り過ぎて、バタバタと足音がして——、音を立てて動き回るものを、見て、聞いているのに、見ない、聞かないフリをするために——。

苦しい。

生きていくのが苦しいんじゃなくて、生きているのが苦しい。

今が、苦しい。

苦しい！

突然、激しい怒りが込み上げる。

頭がぼうっとなる。

涙があふれて、左右の耳に流れ落ちる。

子ねこが濡れちゃう……

子ねこの眠りを妨《さまた》げないようにそうっと枕から頭を起こす。

ベッドから足を下ろし、立ち上がって机の引き出しの奥を右手で探る。

右手にカッターナイフを握る。

カチカチと音を立ててカッターナイフの刃を出す。

幾筋もの赤い線がある左手に刃先を沈め、一気に引く。

新しい傷に血が滲《にじ》んでいるのが見える。

ズキンズキンと痛みが怒りを押し退《の》けていくのを感じる。

痛みは、自分を見失わないために必要なもの。

痛みを空気のように吸い込むと、なんとか生きていけそうな気がする。

かすみは、ベッドの端に腰を下ろして目を閉じました。

「痛い」

目を開けると、白い子ねこが首を伸ばして血の滲んだ傷を舐《な》めていました。

「痛い……」

かすみは、カッターナイフから手を離して、真っ白で柔らかな毛を撫《な》でました。

子ねこはおしりを高く上げて、人の手に撫でられる心地良さにしっぽをビリビリと震わせました。

「スワンって名前、どう？」

子ねこは飼い主を見上げ、とっておきの甘え声でニャアと鳴きました。

「スワン」

ニャア……

クリーム色の市営バスが、光町3丁目のバス停に停まりました。

ベンチに並んで座っていた姉妹は立ち上がってバスに乗り込みました。

姉は、トートバッグ型の真っ赤なキャリーを大事そうにかかえています。

日曜日のバスは空いていました。

姉妹は、いちばん後ろの五人掛けに座りました。

「お姉ちゃんが植物ハカセだってことは知ってたけど、ねこのことも、すごくくわしいんだね」

「昔、飼ってたから」

「え？」

「るかりんが一歳の時に、今の家に引っ越してきたっていうのは、知ってるでしょ？」

「うん」

「クロがいなくなったのは、引っ越しの二ヶ月前なんだよ」

「死んじゃったの？」

「ううん、学校から帰ったらいなかったんだよ」

「え？」

「お母さんは、赤ちゃんの世話が大変だから知り合いにあげたって……」

「でも、アルバムとかには、ねこの写真ないよね？」

「見るのがツライからでしょ？」

「どうして？」

「あげたんじゃなくて、殺したからだよ」

「殺した？」

「保健所に連れて行ったんじゃないかな。新しい家の壁や床で爪研ぎされたら、どうしようって言ってたから」

「お母さんが、ねこを殺すわけないよ」留香はぎゅっと顔を顰《しか》め、窓の外に目を投げました。

「クロが写ってる写真をアルバムから抜いたのが証拠だよ。あのひとは、自分の都合の悪いことは見ないんだよ」

お姉ちゃんはときどき、全部を見ているような、何も見ていないような変な目付きをする。そばにいるひとを不安にさせるための作戦なのかもしれない。

だって、そんな顔されると、じっと見詰めたくなっちゃうから……

留香は黙ってバスのブザーボタンに手を伸ばしました。

ピンポーン、ブザーが紫色に変わりました。

診察台の上にキャリーをのせてジッパーを全開にすると、子ねこはサファイアグリーンの目を恐怖で輝かせました。

「ノラねこなんですけど、うちで飼うことにしたので、健康診断をお願いします」

かすみは子ねこを抱き上げて診察台に下ろそうとしましたが、子ねこはカーディガンに爪を引っ掛けてかすみから離れようとしません。

「チンチラの子どもじゃない？　毛の感じといい、目の色といい、チンチラそのものだよ。おぉっと、そのままそのまま、そのままでいいよ。無理矢理やって病院嫌いになられちゃ困るからね。獣医は小児科と同じですよ、ベロベロバーが基本、ベロベロバー！」

髪も髭《ひげ》もヤギのように白い港先生は、ブホッブホッ、ブホッブホッと笑って、かすみの胸にしがみついている子ねこを、首に掛けている聴診器で問診しました。

「うん、うん、うん、かなり痩せてるから、おなかの虫がちょっと心配だね。体内の寄生虫も卵を産むまでには成長してなくてね、検便しても見つからないことがあるんだよ。でも、ノラねこだったわけだから、まぁ、いるとみていいな。ドロンタールという錠剤を出しておくから、飲ませてください」

「エイズとか白血病は？」

「血管が細くて、小さいうちは採血が難しいし、陽性と出ても、母ねこの抗体反応が残っている場合があって、子ねこ自体は陰性かもしれないから、生後六ヶ月ぐらいにならないと判らないね」

港先生は、子ねこを抱き上げて秤《はかり》にのせました。

「四百グラム。やっぱり小さいね。半錠でいいな。果物ナイフで錠剤を半分に切ってね。いま、今日の分は飲ませてあげるから、よく見ておいて」

港先生は、診察台の真ん中にキッチンペーパーを広げて、その上で錠剤をナイフで半分に切ると、右手で錠剤をつまんで、左手で子ねこの口を開けさせました。錠剤を舌の付け根辺りに落とし、子ねこの口を閉じて、フッと鼻に息を吹き掛けました。

「これで、薬を飲まなかったツワモノはいない、と。お次は予防接種！」

港先生は注射の準備をしながら訊《たず》ねました。

「この子の名前は？」

「スワンです」かすみは答えました。

「え？」留香は姉の横顔を見ました。

「苗字は？」

「小林です」

「小林スワン。芸名みたいですな。あ、長毛の子は毛玉ができやすいから、それだけは注意してあげて。毎日のブラッシングは欠かせないからね」

港先生は、しゃべりながら、スワンのおしりに注射を打ちました。

「女の子ですよね？」かすみが訊ねました。

「女の子ですとも。白鳥の港ですよ」と港先生がまた、ブホッブホッと咳き込むように笑いました。

「さて、お嬢さま方、ひとりはみんなのため、みんなはひとりのため！」

港先生の声音が面白くて、今度はかすみが笑いましたが、勝手にマシュマロからスワンに改名した姉に腹を立てている留香は、口を噤《つぐ》んでいました。

「ひと月後にいらっしゃい。姫に二度目の予防接種を打って進ぜよう」

かすみは、笑いながらスワンをトートバッグに入れて肩に背負いました。

カモメ動物病院の外に出て、留香は初めて声を出しました。

「スワンって……」

マシュマロって名前はひなちゃんが付けた名前で、なんの思い入れもないんだけど、でも、わたしが連れ帰った子ねこなんだし、どんな名前にしようかって相談ぐらいすべきだと思う。

「スワンって、呼びにくくない？」留香の声は軋《きし》み、ひび割れていました。

「スーとか、スーちゃんとか呼べるよ、もう呼んでるし、ねぇ、スーちゃん」

かすみがそう呼び掛けると、キャリーの中の子ねこは、ニャア、ニャア、ニャアと騒ぎ出しました。

今日で一学期が終わります。

今日から夏休みが始まります。

小見出しを付けること、要約することを、国語の授業で習ったけど、わたしはどっちとも、あんまり好きじゃない。

でも、好き嫌いと、できるできないは全く別のことなんだよね。

わたし、国語の成績は「よくできている」だったからね。

要約はできないけど、スワンがうちに来てから、ほんとうに色んなことがあった。

たった二週間前のことなのに、大昔のことのような気がする。

「スワンはうちで飼う。一時保護じゃないから」って言ったら、ひなちゃんと時子ちゃんは怒って口をきいてくれなくなった。

でも、学区外通学してる映美子ちゃんと仲良くなって、菜々《なな》ちゃんと美穂《みほ》ちゃんとも仲良しになった。帰る方向が違うからいっしょには帰れないんだけど、学校ではずうっといっしょだし、トイレに行く時も手をつないでるぐらいだから、ぜんぜん平気。四年生になったら、いっしょに家庭科クラブに入ろうって約束してるし、ね。

「あゆみ」は、体育だけ「できている」で、あとは全部「よくできている」だった。

最高記録だよ、これは。

映美子ちゃんは四年生から塾に入って、お姉ちゃんが通ってた女子校を受験するって言ってた。

映美子ちゃんと同じ学校に行きたいのは山々だけど、お姉ちゃんのお古の制服を着るのは、イヤ！

六年間お古のランドセルを背負って、六年間お古の制服を着るなんて、ぜったいヤだ！

お姉ちゃんがあの学校に行ってくれれば、新しい制服を買ってもらえる。

お姉ちゃんがあの学校をやめたら、お古を着るしかなくなる。

お姉ちゃん、学校行く気あるのかな？

お姉ちゃんと、お父さんとお母さんとの距離はずいぶん縮まった感じだけど……

こないだの日曜日は、階段の真ん中でお行儀よく前足を揃《そろ》えてしっぽを足に巻き付けたスワンを、お父さんがカメラで撮ってたら、お姉ちゃんが二階から下りてきてスワンを撫ではじめた。

スワンは前足で髭をみがきながらゴロゴロいって、お父さんはスワンとお姉ちゃんをパシャパシャ撮って……

お姉ちゃんに寄り添えば、わたしも写真に入れてもらえるのかな、とも思ったけど……

お父さんには、お姉ちゃんしか見えていない。

わたしのアルバムは一冊しかないのに、お姉ちゃんのアルバムは十冊もある。

留香は玄関のドアを開けました。

「ただいま」

「あら、お帰りなさい」

お母さんがエプロンで手を拭きながら玄関に出てきました。

「いま、かすみが麺《めん》を茹《ゆ》でてくれてるんだけど、今日のお昼は冷やし中華よ」

留香が石鹸《せっけん》で手を洗って席につくと、キュウリとタマゴとハムとササミとトマトがきれいに盛り付けられた冷やし中華を、お姉ちゃんが運んできました。

三人で「いただきます」をして、食べ終わって麦茶を飲んでいると、かすみが大きな息を吸って、言いました。

「お母さん、話があるんだけど」

「え？　なに？」

「わたし、学校やめる。二学期から公立の学校に転入する」

「まぁ、夏休みのあいだ、よく考えて……」お母さんは麦茶を飲んで口を濁《にご》しました。

「ううん、もう決めたの。二学期の最初の日から出席したいから、退学届と転入届を夏休みのあいだに出してください。それから、もう一つ、どうしてもお母さんに訊いておきたいことがあるの」

「なに？」

「クロのことなんだけど、お母さん、保健所に連れて行った？」

「…………」

静かだ、と留香は思いました。

ミンミンゼミの鳴き声が、世界中の音を吸い取ってるみたい……

「クロは……お母さんの不注意だったんだけど、朝、かすみを小学校に送り出して、お母さん、留香をおんぶしてお布団を干したのね。ベランダを開けっ放しにしてて、クロが外に出たことに気づかなかったの……お布団にクロが跳び乗って、その勢いで落ちちゃったの……」

突然湧き上がってきた悲しみを抑えるために顔を歪《ゆが》めたら、もう抑えることはできませんでした。

留香の両目から涙があふれ出しました。

「十一階だったでしょ……留香をおんぶしたまま下に行くわけにはいかないから、お父さんに電話して……」

声を上げて泣いたのは、かすみではなく、留香でした。

二人は驚いて留香の顔を見ました。

「るか？」

「どうしたの？」

泣き声で言葉が崩れて、自分でも何を言ったのか聞き取れませんでした。

留香のくるぶしに頭を擦り付けて鳴いたのは、スワンでした。

ニャア……

スワンは、自分のしっぽを追い掛けてクルクルクルクルクル回りはじめました。

その回転の中心から笑いのようなものが放射されて、母親と二人の娘たちはいつの間にか笑い声を上げていました。

「スワン、もうやめなよ。やめなったら！」

留香は涙で濡れた顔で笑い、笑いながら上唇に溜まった涙を、子ねこのように舐め取りました。

アルミとサンタのおうち

教会の鐘の音を聞いて、ひかるは今日が日曜日だということに気づきました。

仕事が休みの日と日曜日が重なるなんて珍しい、とひかるはアブラゼミの鳴き声を聞きながら、頭の中の買物メモを確認しました。まず文房具屋に行って黒と青のボールペンの替《か》え芯《しん》を買って、薬局で洗濯洗剤を買って、肉屋と八百屋《やおや》で晩ごはんの材料を買って――。

それからしばらく、ひかるは今朝方《けさがた》見た夢のことを反芻《はんすう》していました。面白かったり風変わりだったりするところは何一つない夢なのですが、もう一時間以上、夢をなぞっては眉を顰《ひそ》めているのです。


夢の登場人物は、自分一人――、どうやら高校の始業式の日らしい朝、自分はデパートの紙箱の中の真新しい制服をビニール袋から取り出している。学ランの上着、ズボン、真っ白なワイシャツ、白いカラー……桐の葉の校章が刻印《こくいん》された五つの金ボタンを手の平にのせ、ボタンを学ランに取り付けようとしてみたものの、どうやっても取り付け方がわからない。

制服は後回しにして、先に鞄《かばん》の準備をやってしまおう、と壁に貼ってある予定表に目をやると、どこにも曜日が書かれていない。こういう表はだいたい月曜日から始まるものじゃないか……でも、今日は何曜日なんだろう……カレンダーが、ない……始業式だから授業はないのかもしれないけれど、新学期の最初の日から忘れ物をして担任の教師に叱られるのは嫌だ……全教科を持っていくしかないな、と本棚に手を伸ばす。教科書やノートには全部自分の名前が書いてある。それは、母親が旧姓に戻る前に十三年間名乗っていた父親の姓だった。両親の離婚は小学六年の夏休みの出来事で、二学期からは今の佐藤《さとう》姓を名乗りはじめたのだから、高校の教科書に父親の姓を書くはずはないのに――。黒い油性マジックで書いてある自分の筆跡に違和感を覚えながらも、机の横のフックに掛けてある黒革の学生鞄の中に教科書とノートを入れていく。でも、金ボタンを学ランに取り付けられなければ家を出ることはできない。顔を上げて母親の姿を探す。朝だというのに廊下の向こうにある台所は真っ暗で、母親が居る気配はない。何時だろう、と時計を見上げたところで、夢は突然途切れた。不思議なことに、毎晩枕の横に置く腕時計の時刻が、夢の中と同じ七時三十七分だった――。

この夢が、こんなに後を引いているのは、おそらく、自分に高校中退を悔やむ気持ちと、両親の離婚を無かったことにしたいという気持ちがあるからだろう、とひかるは思いました。もう十五年も経っているのに、未《いま》だにそのことに傷付いているらしい自分に辟易《へきえき》して、気分を一掃《いっそう》するために散歩がてら買物に出掛けることにしたのです。

通りの向こうにある教会の門に何人ものひとが入って行くのが見えます。ひかるは、教会の掲示板の聖句を読むことをささやかな楽しみにしています。毎週日曜ごとに新しくなり、たぶん聖書からの引用だと思うのですが、「たとえ、そうでなくても」とか「躍り出て跳び回る」とか、それだけでは何を説《と》いているのかさっぱり解らない箇所ばかりをわざと選んでいるのです。

そして、その字が――、お世辞にも達筆だとは言えない大きな勢いのある字で、いつも白い画用紙いっぱいに書いてあるのですが、ときどき文字配分を間違えて最後の二、三文字だけ極端に小さく窮屈《きゅうくつ》そうなのを見るたびに、「この牧師さん、おれみたいな字を書くな」と、ひかるは愉快な心持ちになるのでした。

教会の手前には信号のない短い横断歩道があります。いつもは車の通りがないのを見計って足早に渡るのですが、今日はそれでなくとも狭い歩道に日曜礼拝に向かうひとびとがあふれていたので、横断歩道を渡らず真っ直ぐ行くことにしました。

ひかるは、木と人のあいだから教会の新しい聖句を見ることができました。文字を見る仕事で目を酷使しているのに、視力だけは自慢できるほど良いのです。

「まだ始まったばかりである」

まぁ、十点中六点ってところだな、とひかるはふふっと笑って右側の家に目をやりました。三角屋根の風見鶏《かざみどり》の家です。いつもは教会側の歩道から見るので気づきませんでしたが、既に表札がはずしてあり、郵便受けの口はガムテープで塞《ふさ》いであります。

いつ、空き家になったんだろう……

風見鶏の家の庭には、四季折々の花が植えられ、夏はかがり火のような赤いカンナが見事に咲いていました。その花を押し退《の》けるようにススキが生《お》い茂《しげ》り、門から玄関までの小道の敷石が雑草で見えなくなっているので、何ヶ月か前に引っ越したに違いない、とひかるは首を傾げました。

通りの向こう側から、この風見鶏の家を見る時は、きっと白いレースのエプロンをしてクッキーを焼くような若いお母さんと、鈴のように身を揺すぶって笑う小さな姉妹が幸せで明るい毎日を送っているんだろうなと想像していたのに、ずいぶん前に空き家になっていたなんて——。

隣の空き地には建築中の立て札があり、もう既に新築の骨組みが出来上がっていました。

その後ろの家のベランダには布団《ふとん》が干してあるけれど、この手前の家が完成したら全く陽が射さなくなって、布団や洗濯物が干せなくなるな。いつかは誰かがこの空き地を買って新しい家を建てると思ってはいただろうけれど……

町は変わった。二十年前、隣町に暮らしていた頃、この辺りは草っ原だらけだった。五年前にこの町に戻った時は、草っ原という草っ原が普通の宅地サイズに分譲されて似たような家が建ち並び、その変わり様に驚いた。この五年のあいだも、今も、町は休みなく変わりつづけている。

ひかるは新築中の家の前にある、誰もいないバス停のベンチに目を転じ、何気なく、その先の動物病院の壁に貼ってある一枚の紙に目を留めました。

「捨て猫の里親さん募集」

貼り紙には二枚のカラー写真が貼り付けてあり、写真の下には二ひきのねこの特徴が書いてありました。

「少し怖がりさんですが、とてもふんわりとしています。家族の一員として迎えて下さる温かい方を募集いたします」

ひかるの感情が立ち止まり、動かなくなりました。

ねこを飼いたい、という思いがくっきりとした途端、見開いた目にぐっとねこの写真が近づいてきて、ひかるはそのねこを目に入れるように眺めました。

毛が長く、黒と茶と白と灰色がぐちゃぐちゃに交ざった錆《さび》色のオスねこです。

右の写真の茶虎のオスねこも負けず劣《おと》らずかわいいけれど、ぬいぐるみみたいに見比べて、こっちの方がかわいいと思ったわけじゃない、おれはこの子に一目惚《めぼ》れしたんだ、とひかるは背中を反《そ》らせました。

アパートは、大家さんにきちんと言えばだいじょうぶ、隣部屋の夫婦も室内犬を二ひき飼ってるし、一階の角部屋のおばさんはノラねこを餌付《えづ》けして、いつもアパートの周りに十ぴきぐらいうろついてるから……

ひかるは深呼吸をして、カモメ動物病院のドアを開けました。

待合室には丸椅子が五脚あり、その一つに男の子が座っていました。

ひかるは、男の子の向かいに座りました。

いぬもねこも連れてはいないから、入院中のいぬかねこの見舞いに来たのかもしれない

……

と、半ズボンから覗《のぞ》いている膝小僧の絆創膏《ばんそうこう》を見て顔を上げた拍子《ひょうし》に、ひかるの目と男の子の目がぶつかりました。

男の子は目を逸《そ》らし、気まずそうに唇を擦り合わせました。唇はかさかさに乾いていまし

たが、濡れたような黒い瞳をした男の子でした。

「そういえば、彼女、どうしてる？」

奥の診察室から話し声が聞こえて、二人は同時に耳を澄ましました。

診察台の上には、灰色の大きなねこが横たわり、人工透析《とうせき》の点滴を受けている最中でした。ねこは薄目を開け、あっかんべーをするように舌を出しています。

飼い主の田中さんは、ねこの背中を撫《な》でながら言いました。

「首輪を付けたから、捕獲されることはないだろうけど、毒だんごが心配ですね。見つけたら回収するようにしてるし、朝夕二回たっぷり食べさせてるから、だいじょうぶだとは思うんですがね……」

カモメ動物病院をたった一人で切り盛《も》りしている港《みなと》先生も、灰色のねこの背中に手を伸ばしました。グローブのように大きく分厚い手の平で、トン吉、強いぞ、トン吉、と呼び掛けてから、田中さんに控《ひか》えめな調子で訊《たず》ねました。

「やっぱり彼女、田中さんちのチン平とカン太とは、無理？」

「無理ですね。一度は思い切って、妻と二人がかりで彼女を洗ってドライヤーで乾かしてですね、家に入れて様子を見てみたんですが、チン平はまだシャーシャーいう分、目があるのかもしれませんが、カン太がですね、ベッドの下に潜《もぐ》って三日間飲まず食わずで……カン太もチン平も十三歳の老ねこで、人間でいえば七十歳ぐらいですから、難しいんじゃないでしょうかね」

「カン太とチン平がもう十三歳だなんて、お互い歳を取りますわな」

港先生は、ブホブホッと咳き込むように笑いました。ヤギのように白い髪の毛と髭が震えました。

「でも、物置小屋をきれいにして、寝床《ねどこ》みたいなちょっとしたスペースを作ってやったら、彼女、雨の日なんかは泊まってくれてるみたいなんですよ」

港先生は、点滴用バッグを見上げてねこに語り掛けました。

「トン吉、終わったよ。おうちに帰れるよ」

港先生が点滴の針を抜いて腹部を消毒すると、田中さんはねこをていねいに毛布にくるみ、赤ちゃんを抱っこするようにそっとかかえ上げました。

「田中さん、トン吉の血液検査の結果、赤血球の数値が良くないんですよ」

「…………」

「週に二回、一回四、五時間の透析はトン吉の負担になるから、もう透析はやめて、住み慣れた家でゆっくり過ごさせてあげた方がいいと思う」

「……わかりました……トン吉や、港先生にさよならを言おう。長いあいだ、お世話になりました。ありがとうございました」

ねこを抱いた田中さんが一礼をして歩き出すと、港先生も見送るために診察室を出ました。待合室の二人は、田中さんの腕の中で、顔だけ毛布から出している灰色のねこの浅い呼吸の音を聞きました。

港先生はドアから出ていく田中さんとねこに右手を挙げると、二人に訊ねました。

「親子？」

何を訊ねられたのか解らず身を硬くしている二人を交互に見て、港先生はひかるに視線を定めました。

「お父さん？」

二人は顔を見合せ、港先生の顔を見て、もう一度顔を見合せました。

「いや、違います」ひかるが答えました。

「え？　似てるのに……目の辺り、口元、そっくりですよ……あぁ、じゃあ、歳の離れた兄弟だな」

「いえ、あの、ぜんぜん、関係ありません」

「関係ない？」

「無関係です」

「そしたら、二人は、赤の他人？」

「はい」

港先生は、改めて二人を見て、いぬやねこやうさぎやハムスターや小鳥を入れたケージや箱や籠《かご》を持っていないことを確認した上で訊ねました。

「さて……では、どういったご用件でしょうか？」

待合室には窓がなく、扇風機が一台回っているだけでした。

八月の半ばです。

ひかるの額からは汗の玉が噴き出し、既に背中に貼り付いているTシャツからは汗の臭いが立ち上っています。

「あの、外の貼り紙を見させていただきまして……」と、ひかるが改まった口調で言うと、男の子は授業中に漫画本を読んでいることがバレて教師に名前を呼ばれた生徒のようにぎくりとうつむきました。

「あ、ねこの里親募集の？」

「はい」

「じゃあ、きみは？」港先生は、男の子の方に向き直りました。

「ぼくも、ねこの……」

「きみ、お名前は？」

「原田《はらだ》正樹《まさき》です」

「いくつ？」

「九歳です」

「さっきのトン吉は十五歳で、腎不全の末期で尿毒症を患っています。わたしの患者さんで、ねこの最高齢は二十歳の絹代《きぬよ》さんですよ。絹代さんみたいに二十歳まで生きられるねこはそうザラにはいないけれど、里親募集をしているねこはまだ一歳になっていない子ねこです。きみが二十歳になるまでは元気で生きているでしょう。お母さんには、相談した？」

「はい、飼っていいって」

「じゃあ、お母さんといっしょにいらっしゃい」

「お母さんは、夕方から仕事で、ぼくが学校から帰る時間は忙しいんです」

「じゃあ、お父さんは？　毎日夜九時まで診察してますよ」

「お父さんは、いません」

そのひと言を聞いた瞬間、ひかるの胸に今朝方見た夢の後味の悪さが水のように広がりました。

「お母さんと二人暮らし？」

「はい。でも、お母さん、日曜日は休みです。今日は風邪で具合が悪くて寝てるけど、来週の日曜日はだいじょうぶだと思います」

「そうか、じゃあ待ってるよ。ご希望はどちら？」

「茶虎のねこです」

と男の子が言うのを聞いて、ひかるは胸を撫《な》で下ろしました。

「ちなみに、あなたは、どちらがご希望？」

と、両手を背中で組んだその姿は、ひかるがイメージしている教会の牧師さんの姿そのものでした。「まだ始まったばかりである」という聖句を掲示板に出したあの教会の牧師さんです。

「あ、違う方です」

「違う方？」

「あ、いや、茶虎じゃない方の……」

「あなたは、いくつ？」

「二十六、いや、こないだ二十七になりましたね、はい」

と、一人でうなずいてもじもじして耳まで真っ赤になったひかるを見て、港先生は咳払いをして言いました。

「どっちが九歳でどっちが二十七歳なんだか……ま、ひとは見掛けによらないってことだ」

この先生、けっこうずけずけ言うひとだな――、ひかるは汗で顔がねばつくのを感じました。

「里親募集をして一ヶ月、全く引きがなくてうちの子にするしかないかと名前まで考えてたのに、同時に二人も名乗り出てくださり、それはうれしいですよ。でも、わたしは動物にはベロベロバー、人間とはアップップと決めているんですよ。あなた、お名前は？」

ひかるの脳裏に、今朝方の夢で教科書やノートに書いてあった父親の姓が浮かびましたが、

「佐藤光《さとうひかる》です」

と、ひかるは母親の旧姓を口にしました。母親は再婚をして別の姓を名乗っているので、ひかるは父親とも母親とも姓が違うのです。「原田」はどちらの姓なんだろう、と半ズボンからすらりと伸びた男の子の脚を見ました。

「佐藤さんは、独身ですか？」

「はい」

「ご職業は？」

「ライターです」

「作家さん？」

「いえ」

「どんなものを書いているんですか？」

「依頼があれば、なんでも書きます。情報系の雑誌のインタビューとか対談のまとめとか、おいしいカツ丼特集の取材とか、競馬やボートレースの予想とか……」

「あぁ、なるほど。すみませんね、立ち入ったことを訊いて。でも、ほれ、人間同士でも、お見合いをする時は色々訊くもんでしょう。人間は相手がどうしても気に入らなければ離婚

すればいいけれど、ねこはそうはいかんのでね」

「わかります」

「一人暮らし？」

「はい」

「アパート？」

「はい」

「大家《おおや》さんに隠れて飼っていたのがバレて、段ボール箱に入れて捨てるなんてことは？」

「しません。大家さんにはきちんと話すし、隣のひとも犬を飼ってますから」

「大家さんの許可を取るのが先だな」

「わかりました」

人間とはアップップ、と言うだけあって、港先生は一直線にひかるを見て、次々と質問を繰り出しました。ひかるは問われれば問われるほど自分の目の底から真剣さが湧き上がってくるのを感じて、その目で港先生を見返しました。

「あ、あと、もう一つ。出張や何かはあるの？」

「ない、こともありません」

「一、二泊だったら、トイレや餌の準備をきちんとすればだいじょうぶだけれども、三泊以上だったら、ここで預かりますよ」

「はい」と返事をしたひかるは、港先生の目と声の色が信頼で明るくなったのを、目と耳で感じ取りました。

「よろしい。では、お見合いの部屋に案内して進ぜよう」

二人は、港先生の後について、よく軋《きし》む木の廊下を歩いて行きました。

狭くて急な梯子《はしご》のような階段で二階に上がると、

「右はわたしの寝室、左がねこの預かり部屋です」

と、港先生はドアを開けました。

網戸越しの生暖かい風が頬《ほお》を撫で、蟬《セミ》の喧騒《けんそう》でふうっと気が遠くなるような気がして、ひかるは目をしばたたかせました。

窓辺の日溜《ひだ》まりで仰向けに寝ている二ひきの子ねこが見えました。

ひとの気配を察して、虎の方は薄目を開けましたが、毛の長いサビは目を閉じたまま虎の腹に吸い付き、前脚を交互に動かしはじめました。

港先生が囁《ささや》き声で言いました。

「あの踏み踏みは、母ねこのおっぱいを刺激して、母乳を出やすくする赤ちゃん行動の名残《なごり》なんだよ。離乳がきちんと済まないうちに母ねこから離されると、あれが癖になって、おとなになってもやめられない子もいるね」

虎はサビの耳や首を舐《な》め、それに応えるように、サビはタヌキのように太いしっぽをくねらせました。耳を澄ますと、二ひきが喉を鳴らすゴロゴロという音が聞こえます。

「あんなに仲がいいのに、引き離してだいじょうぶなもんなんでしょうか？」ひかるは思わず訊ねました。

「だいじょうぶ。飼い主に甘えられるから」

と、港先生にウインクされて、ひかるはようやく笑うことができました。

「ペットショップではね、ここで必ず抱かせるんですよ。抱かせたら勝ちだとね。わたしは、そんなことはしません。まさきくんは次の日曜日にお母さんを連れてくる。佐藤さんは大家さんと話をつけてくる。ねこを抱くのはそれからです」


外に出た途端、頭上で叫ぶようにミンミンゼミが鳴き出し、見上げると、楡《にれ》の木の上で正午過ぎの太陽が煌《きら》めいていました。

ひかるの後から動物病院を出てきた男の子は、健《すこ》やかな足取りで彼を追い抜き、何か話し掛けようと口を動かした瞬間、いきなり全速力で走り去ってしまいました。

あの子はきっと家に着いたら真っ先に、来週の日曜日、いっしょにねこをもらいに行こう、とお母さんに話すんだろうな。おれも、買物は後回しにして、今から大家さんちに話しに行こう。オーケーをもらったら、図書館に行ってねこの飼い方が書いてある本を探してメモを取って、必要な物を買い揃《そろ》えないとな……

日曜礼拝が終わった教会の駐車場で、牧師らしきひとが車を洗っていましたが、ひかるは、脇目も振らずに歩いていたので気づきませんでした。

偶然、通りのあっちに渡らないでこっちを歩いていたから、動物病院の前を通り掛かり、ねこの里親募集の貼り紙を見た。でも、ねこを飼うことを決めたのは自分の意志だから、突然の出来事のような感じはしない。むしろ、ずっと前からねこを飼うことが決まっていたような、必然とか運命のようにさえ思える。

子どもの頃は、余りにも突然、余りにもあからさまに出来事が迫ってきて、考えることも思うことも感じることすらできなかったような気がする。両親の離婚、母親の再婚――、出来事が近づいてくるのが見えず、身構えることができなかったし、その出来事による変化に付いていくことができなかった。大人になるまでは、馴染《なじ》むとか安心とか、そういうものとは無縁の暮らしをしていたように思う。いつも過去の出来事にひやりとし、不安で全身を固まらせていた。だから、未だにあんな夢を見るんだ、あんな夢を――。

風が吹きましたが、通りの両脇から枝を差し伸ばしている桜の葉を裏返すほどの強さはありませんでした。ひかるは、揺れる葉影と木漏《こも》れ日《び》を踏み、息を切らすほどの急ぎ足で歩いて行きました。

そうだ、名前……なんて名前がいいんだろう……ねこって、毛色の名前を付けられることが多いよな……シロとかクロとかミケとかトラとか……あの子はサビだけど、サビじゃ錆《さ》びてるみたいだし……サビーと伸ばすか……サビー……いまいちか……悪くはないけど、良くもないって感じだ……なんて名前にしよう……なんて名前を付けてやろう……

ひかり公園のスピーカーから「夕焼け小焼け」が流れ出しました。時計を見ないで遊んでいた子どもたちは五時になったということに気づき、鉄棒や雲梯《うんてい》から手を離したり、ブランコやジャングルジムから飛び降りたりして、「じゃあね！」「またね！」とそれぞれの坂道を駆け下りていきました。

光町は台地にあり、上底に当たる平地のほとんどの部分をひかり公園が占めています。公園をぐるっと取り囲む車道を縁取るように家が建ち並んでいますが、軒数《けんすう》はごく僅《わず》かで、光町の大半の住人は斜面上に暮らしています。幼稚園や学校や病院や商店街は台地の下に広がっているので、坂を下りるのは通勤や通学や買物をするひと、坂を上がるのは公園で散歩やジョギングやラジオ体操や犬の散歩をするひと——、とひと目で見分けることができるのです。

ひかり公園は、子どもたちの遊具があるどんぐり広場、野球やサッカーの試合ができる運動広場、ゲートボールのためのひなたぼっこ広場の三つの広場に分かれています。広場と広場のあいだの勾配《こうばい》には桜の木がたくさん植わっているので、春には隣の緑町からも花見客が集まりますが、その他の季節は光町の住人以外は立ち寄ることがない公園なのです。

夏休みには、毎朝六時半からどんぐり広場で「早起きラジオ体操会」が開催されています。皆勤賞の五百円分の図書カード目当てに、子どもたちは毎朝坂道を上ってひかり公園にやってきます。

出席カードに判子《はんこ》を捺《お》すのは、「光町子ども会」の会長である田中さんの役目です。

「夕焼け小焼け」の余韻《よいん》が消えると、公園は蟬《セミ》の声ですっぽりと覆われました。

空はまだ青く、暮れ渋っているようでしたが、風は無く、くらっとするほど暑いことには変わりありませんでした。

公園の周りの家々では、洗濯物を取り込んだり、夕飯の下拵《したごしら》えを始めたり――、一家の主婦にとっては一日でいちばん忙しい時間です。

どんぐり広場の鉄棒の前にある、広いバルコニーが目立つ白い家に住んでいるのは、加藤《かとう》さんです。加藤さんは家の前の道路を竹箒《ぼうき》で掃いています。ご主人が単身赴任し、一人娘がこの春嫁《とつ》いだので、一人きりの時間を持て余し、一日に何度も家の前を掃いているのです。

加藤さんは、光町ではねこ嫌いで通っています。ブロック塀の前には、ねこが近寄らないよう水を入れたペットボトルを並べ、ブロック塀の上には、ねこが歩かないよう五寸釘を逆さに打ち付けた木の板を貼り付けてあります。

公園のあちこちに〈ノラねこの糞尿の臭いで迷惑しています〉〈ノラねこに餌をやるのは

禁止です〉という立看板を設置しているのも、加藤さんが会長を務めている「光町町内会」の活動なのです。

クリーム色の市営バスが、誰もいない光町3丁目のバス停の前をゆっくりと通り過ぎました。

バス停の前にある、赤茶色の土壁に黒い瓦屋根の二階屋に住んでいるのは、田中さんです。灰色のジャージを着た田中さんは、缶詰がたくさん入ったコンビニエンスストアのレジ袋を腕にぶら下げて、公園の中へと入って行きました。

田中さんが草むらを歩くと、どこからともなくねこが集まってきて、ニャアーニャアーと田中さんの脚に絡《から》み付きます。一ぴき、二ひき……五ひき、六ぴき……十ぴき以上いますが、どのねこも首輪を付けていません。

田中さんは、つつじの植え込みの中から取り出した植木皿にドライフードを入れ、缶詰の蓋を次々に開けてマグロフレークをスプーンでほぐしていきます。

待ち切れないねこたちは、グルグルと喉を鳴らしたり、ウーウーと威嚇《いかく》し合ったりしながら、植木皿に頭を突っ込んで餌を食べはじめました。

いつもだったら、「ほら、喧嘩しない」「そんなに慌《あお》てて食べると、喉に詰まっちゃうぞぉ」などとねこたちに話し掛ける田中さんが、今日は青褪《あおざ》めた顔で立ち尽くしています。

カナカナカナ、と鳴きはじめたヒグラシも、田中さんの耳には空っぽの音のように響きます。

「田中さん、そこで、何してるんですか？」

と、甲高《かんだか》い女の声が響きました。

田中さんが後ろに首を回すと、丘の上に加藤さんが立っているのが見えました。

「光町では、ノラねこに餌をやるのは禁止ですよ」

加藤さんがこちらに下りてきます。

「この子たちは、みんな首輪をしています。ノラねこではありません」田中さんは、低く呻《うめ》くように言いました。

「ねこの放し飼いは非常識ですよ。サカリがつくと、ひと晩中ヘンな声で鳴きわめいたり、ねこ同士で喧嘩したりしてうるさいし、公園の草むらにノミやダニを撒き散らすしね」

「ひかり公園のねこについては、この一ヶ月で順番に捕獲して、緑町の港先生のところで避妊手術をしてもらっているから、これ以上は、ひとが捨てない限り増えないし、去勢したオスねこは、そんなに激しく発情しないはずです。駆虫《くちゆう》も済んでいるし、ノミダニ予防の薬も一ヶ月に一度きちんとやってますよ」

「カモメ動物病院のあの変人がグルなのね。とにかく、田中さんの飼いねこなら、全部ご自分の家に引き取ってくださいな」

「うちの飼いねこではありません。みんな捨てねこです」

「だったら、保健所に電話して、捕獲してもらうしかないでしょう。ねこの放し飼いは迷惑なんですよ。公園の砂場や家庭菜園にうんこは埋めるわ、ブロック塀におしっこは引っ掛けるわ、ほんとうにサイテーですよ。光町には、ねこアレルギーのお子さんが居るお宅だってあるんですよ」

「だからって、ねこを殺していいんですか？　加藤さん、毒だんごを仕掛けるの、やめませんか？　それこそ、小さなお子さんが間違って口に入れたら、どうするつもりですか？　あなたは、毒だんごを食べて死んだねこを見たことがありますか？」

波のように押し寄せる夕陽を背中に浴びて、加藤さんの顔が真っ暗に見えます。

「わたしは、二ヶ月前に、あなたが仕掛けた毒だんごで死んだねこの亡骸《なきがら》を見ました。六ぴきの子ねこの母親でした。口の周りが血だらけで、それはかわいそうな死に顔でした。緑町にあるペットの共同墓地で火葬をしてもらったんですがね、そこ、いま、あなたの足元にいる、そのキジ虎の子ねこ、あなたが殺した母ねこの子どもですよ」

夕食を終えたキジ虎の子ねこは、揃えた前足に行儀よく長いしっぽを巻き付け、右足を舐めて念入りに髭をみがいています。

「今日、わたしはその共同墓地に、缶詰と花束とお線香を供えてきました。今朝、十五年間いっしょに暮らしたねこのトン吉が死んだんです。それで、トン吉の亡骸《なきがら》を茶毘《だび》に付《ふ》すために、行ったんです。今日は、悲しくて誰とも話したくなかったのに……」と、田中さんは、縺《もつ》れたような声で言って、空になった植木皿を重ねて、どんぐり広場の水飲み場に向かって歩き出しました。

ヒグラシの合唱が盛り上がり、桜の木々が夕陽に燃えているように見えました。


「アルミ」

と、呼んでも、こっちを向いてくれない。

ひかるは、少し離れたところから、大きな声で呼んでみることにしました。

「アルミ!」

子ねこは、陽が溜まった窓辺の本棚の上に座り、網戸から入る風の匂いをしきりに嗅いでいます。

今度は、立ち上がって顔を同じ高さにして、

「アルミ」

子ねこは、左の耳を僅《わず》かに後ろに向けただけでした。

アルミ、という名前は、毛色の錆《さび》から連想したのである。鉄のフライパンはすぐ赤茶色の錆が付いて落とすのが大変だけど、アルミの鍋は錆が付きにくい。だから、アルミはアルミサッシやアルマイトのお弁当箱なんかに加工される。つまり、アルミという名前には、丈夫

に育って長生きしてほしいという願いが込められているわけなのである。

ひかるは八畳と六畳の部屋を見回しました。ねこ用トイレは、ひと用トイレの横に置いた。ねこ砂は色々あって迷ったけれど、トイレに流せるように紙の砂にした。ループカーペット地の爪研ぎは本棚にフックを取り付けてぶら下げた。水容れは台所の床、食器とキャットフードと缶詰は台所の棚、シャンプーとリンスは風呂場、キャリーケースは玄関の靴箱の上に置いた。爪切り鋏《ばさみ》と金櫛《かなぐし》とブラシと綿棒はタッパーの中にしまった。爪は、港先生に右前足を見本に切ってもらってから、左前足と両後ろ足の爪を切ってみた。

指先を押してサヤから爪を出して、先端の曲がっているところだけ、小さなギロチンみたいな爪切り鋏で挟んで、切る。血管の手前で切らないと血が出るから、細心の注意を払わないといけない。

あと、今後の課題としては、首輪だな。首輪と迷子札は、地震や火事などの災害で、この部屋の窓ガラスが割れたり、アパート自体が崩れたりして外に飛び出てしまった時のために、やっぱり必要だと思う。

おとなになっていきなり首輪をすると嫌がるねこもいるから、子ねこのうちに首にリボンを巻いて馴らしておいた方がいいって、港先生が言ってた。

アルミは長毛種だから、毛の手入れも大変だ。遊んでる時にやると嫌がられるから、おなかいっぱいで眠くなった頃合を見はからうしかない。顎《あご》から首にかけての部分は食事の汚れで毛が固まりやすいし、筋肉を使う足の付け根、おしりの周り、しっぽは毛が縺《もつ》れやすく毛玉ができやすいから、要注意だ。関節が曲がるところに毛玉ができると足が伸ばしづらくなるし、毛が引きつり合って皮膚が赤くなったりするから、撫でる時に毛玉ができていないか指先でよく確かめないとな……

長毛種のねこは、最低ひと月に一度はシャンプーしないといけないらしいけど、港先生が目の前でシャンプーとドライヤーをやって見せてくれたから、ひと月後でだいじょうぶ。そうだ、カレンダーに書いておこう。仕事の締め切りは青、アルミ関係は赤にすれば、ひと目でわかる。

おれは書くことを仕事にしてはいるけれど、頼まれ仕事以外で何かを書きたいと思ったことは一度もなかった。でも、この感情――、自分の内側で膨《ふく》れたり萎《しぼ》んだりして、脈拍や呼吸や心を変化させるこの感情は、書き留めておきたい気がする。

アルミ日誌。

明日、文房具屋でノートを買おう。四色ボールペンの黒と青の替え芯も買わないといけないし……

と、アパートの前にトラックが停まる音がして、階段を早足で上る音がして、ブーッと玄関のブザーが鳴りました。

「はーい！」と返事をして立ち上がると、

「お届けものでーす！」と宅配業者の男の声がしました。

ドアを開けると、側面に桃の絵が描かれた段ボール箱が玄関に置かれました。

送り状には、母親の名前が書いてありました。

ひかるは、母親とは違う名字の印鑑を受取印の欄に捺しました。

「ご苦労さまでした」

段ボール箱を開けると、桃の上に短冊のような紙が一枚のせてあって「お中元」と書かれていました。手紙らしきものは入っていませんでした。

ひかるは、三年前の冬、お歳暮の時季に羽根布団の請求書が届いたことを思い出しました。覚えがない品物だったので布団屋に問い合わせたところ、電話口で父親のフルネームを言われたのです。住所を調べると、父親は新聞販売店に住み込んでいるということが判りました。

父親に住所を知らせたことはありません。ひかるにとって叔母に当たる父親の妹とは毎年年賀状のやりとりをしているので、彼女が洩らしたのかもしれません。

母親と自分を捨てて出て行ったきり、一枚の葉書も一円のお金も送ってこなかったのに、十二年後に突然、羽根布団の請求書を送り付けてきた――、ひかるは父親が何故そのような行動をしたのかを考えてみました。

新聞販売店に住み込んで新聞配達をしているならば、家賃は要らないし、月に二十万円はもらえるというから、一万二千八百円の羽根布団など手が届かない買物ではないはずだ。父親は還暦を超えている。年の瀬に、たった一人で薄い布団にくるまって眠る自分を侘《わび》しく感じ、別れた時に十二歳だった一人息子のことを思い出し、妹に電話をして住所を聞き出し、自分の苦境を知らせるために羽根布団を購入して請求書を送ってきたのだろう——。

ひかるは、羽根布団の代金を払ってやろうと思いました。父親と離婚をして一年も経たないうちに、自分を祖父母の元に預けて再婚をして男の子を産んだ母親よりも、新聞販売店の寮で一人暮らしをしている父親の方が好ましく思えたからです。

羽根布団の代金を振り込んで、ひかるは、待ちました。叔母や新聞販売店に電話をして父親のことを訊ねたりすることはしませんでした。父親から感謝の手紙や電話が来たり、別の請求書が届いたりすることを待っていたのです。再会できるかもしれない、と思いました。

母親が父親の写真を一枚残らず捨ててしまったけれど、祖父母や叔母に「お父さんにそっくり」と言われるたびに、ひかるは鏡に映る自分の顔の中に父親の顔を探しました。

なんの連絡も無いまま一年が経って、ひかるは羽根布団の料金を払ったことを後悔するようになりました。そして、父親に対する新たな憎しみを覚えました。それまで世界中でいちばん憎んでいる人間は母親だったけれど、父親に変わりました。

おまえはおれに何をしたか、わかっているのか？

どうして、そっとしておいてくれなかったんだ？

「死ねばいいのに」と思わず声に出して、ひかるはその響きにぞっとしました。

子ねこが本棚から飛び降り、段ボール箱の蓋で爪研ぎを始めました。

バリバリという音を聞きながら、ひかるは「アルミ」と呼んでみました。

ねこは爪研ぎをやめ、ひかるの膝《ひざ》に乗り、伸び上がるようにひかるの顔を見ました。

眼鏡越しに見下ろすと、待ち切れないというような目の色だったので、ひかるは茶色や黒や白や灰色が交じり合った柔らかな毛を撫でました。

「アルミ」

ニャアー！

アルミは、何かを撥《は》ね除《の》けるような大きな声で鳴きました。

「アルミ」

ニャアー！

ひかるはアルミの耳の後ろや、顎《あご》の下を撫でてやりました。

アルミはひかるのジーンズの上で背中を丸めて前脚を伸ばし、欠伸《あくび》をしました。

くるっと丸めたピンク色の小さな舌が見えました。

「アルミ」

アルミはもうニャアとは鳴きませんでした。目をつむったまましっぽを左右に揺らして返事をしました。

屋根にぽつぽつと音がしてザァーッと夕立になりましたが、アルミがゴロゴロと喉を鳴らしながらジーンズの腿《もも》の辺りを、母ねこの乳を揉むように踏み踏みするので、ひかるは立ち上がることができませんでした。

軒下《のきした》に干してあるひかるのTシャツや下着が見る見る重く垂れ下がっていくのを眺めながら、ひかるはじっと子ねこが喉を鳴らす音を聞き、熟《じゅく》しかけた桃の匂いを嗅いでいました。

真っ白な子ねこが、診察台の上に腰を抜かしたようにへばりついています。

港先生は、首に掛けている聴診器を、子ねこの脇腹や胸に押し当てて言いました。

「いいですねぇ……いいですよぉ……」

港先生は「小林スワン」のカルテを見ました。

「検便の結果は問題なし。体温は38・5度で平熱。体重はこの一ヶ月で五百グラムも増えて、千百グラムになった。立派なもんだ。骨格がしっかりしてるから、この子、柴犬ぐらいにはなるかもよ。しかし、真っ白だねぇ。ふわふわで、縁日の綿菓子みたいだねぇ」と、港先生は怯《おび》えて全身を硬くしている子ねこの背中を撫でてやりました。

「毎日、ブラッシングしてるんですけど、びっくりするほど毛が抜けるんです。綿みたいな毛だから捨てちゃうのがもったいなくて、溜まったらクッション作ろうと思って、集めてるんです」と、かすみは得意げな口調で言いました。

スワンがうちに来てから、お姉ちゃんはよくしゃべるようになったな、と留香《るか》は思いました。

地元の中学校に転入届を出してから、うきうきしてるよね。この前、ママと二人でデパートに制服の採寸に行って、来週には出来上がるって言ってた。一年半前にもセーラー服の夏服と冬服つくって、一年も着ないで新しい制服つくるなんて、ちょっとズルいと思いませんか？　体操服とかカバンとか教科書もぜぇんぶ新しく買うんだよ。お父さんのテンキンで引っ越したとかじゃなくて、お姉ちゃんだけの都合で……イジメとかにあったわけでもないのに……

「じゃあ、三種混合、いきますかね」港先生は言いました。

かすみはスワンの首根っことおしりをぐっと押さえました。

港先生は、スワンの背中辺りに注射を打って言いました。

「はぁい！　痛ぃの痛ぃの飛んでいけぇ！　小林スワンさぁん、お注射、終わりましたよぉ」

港先生の、女の看護師さんのような裏声が面白くて、かすみは笑いました。

留香は笑わずに、診察台の上にトートバッグ型の真っ赤なキャリーをのせてジッパーを開けて広げました。

「スーちゃん、帰るよぉ」

とかすみが声を掛けると、スワンは腰を落としたままキャリーの中に逃げ込みました。

キャリーに対して悪いイメージを抱いて、キャリーを見ただけでベッドの下や戸棚の上に隠れるようになったら困る、とかすみは思いました。今回は、大好物のササミの燻製《くんせい》で誘導して、スワンに自分からキャリーに入ってもらったのです。

「一回目の予防接種の時に、生後六ヶ月ぐらいになったら、エイズと白血病の検査ができるとお聞きしたんですけど……」と、かすみが港先生に質問しました。

「六ヶ月っていうと、ちょうどクリスマスぐらいだね」留香は姉の横顔を見上げて、港先生はサンタクロースの衣装が似合いそうだな、と思いました。

「るかりんは、ちょっと黙ってて。クリスマスから年末年始にかけてって、お休みじゃないですか？」

「産婦人科と小児科と獣医は年中無休、二十四時間営業ですよ。ひとりはみんなのため、みんなはひとりのため」

「じゃあ、次はクリスマス？」

「母乳をたっぷり飲んで育った子ねこは、母親から免疫をしっかり譲り受けているから、二回の予防接種で十分なんですがね、小林スワンさんの場合は、生後一週齢ほどで公園に捨てられていたということですから、母乳をほとんど飲んでいない。念のためにもう一発、注射しといた方がいいでしょうな」

「いつ連れてくればいいですか？」

「九月の二十日頃。スワン姫に三度目の予防接種を打って進ぜよう」

港先生が診察料を計算しているあいだ、留香は外に出ていることにしました。

「あ！」診察室のドアを開けた留香は、小さな叫び声を上げました。

同じ三年一組の原田正樹が座っているではありませんか——。

正樹も留香に気づいて、背中をよじらせ脚を組み直しました。

正樹の隣に座っている女が眠たげに目を上げました。茶色く染めた髪をポニーテールにして、裾《すそ》がほつれたジーンズ地のショートパンツに黒いタンクトップを着ています。

あのひと、正樹くんのお母さんかな……うちのママよりずっと若い……

でも、タバコくさい……わたし、タバコのにおいがするひとは苦手だな……

学校に行ってなかった時、お姉ちゃんは、うちのトイレで、よく隠れてタバコを吸ってた。ドアの下の隙間から煙が洩れてきてたのに、パパもママもなんにも言わなかった。

お姉ちゃん以外の家族は息を殺してた感じ……

今は、違う……

息ができる……

でも……

ニャアーニャアーという鳴き声と共に診察室から出てきたかすみは、妹の留香に訊ねました。

「お友だち？」かすみは、正樹の母親らしきひとに遠慮してよそゆきの声を出しました。

「同じクラス、だよね？」留香が正樹に同意を求めました。

「うん」正樹が初めて声を出しました。

正樹の母親らしきひとは「あぁ」と唸《うな》って、姉妹に向かってうなずくか会釈《えしゃく》をしたかして、そのまま手で口を覆って大きな欠伸をしました。

「あっつい……ママ、暑いと眠くなるんだよねぇ」正樹の母親は嗄《しゃが》れた声で言いました。

留香は、二人が動物を連れてきていないのを不思議に思って訊ねました。

「まさきくんは、何しにきたの？」

「ねこをもらいに」

「え？」

「外のポスター」

「え？　ポスターなんてなかったよ」

「飼い主が決まったらはずすんだよ」と、かすみが言いました。

キャリーの中でスワンがニャアーニャアー声を嗄《か》らして鳴きわめいています。

「わかったわかった、早くおうちに帰りたいんだね」かすみがキャリーを撫でました。

「それ、ねこですかぁ？」

と、正樹の母親がキャリーの中を覗き込み、

「うわぁ！　まさくん見てぇ！　真っ白ぉ！　目ぇ、グリーンだぁ！　もしかして、ペルシャねこ？」

「えっと、捨てねこなんですけど、港先生は、チンチラに似てるって言ってました」と、かすみが答えました。

「まさくぅん、こんなキレイな子を捨てるひともいるんだねぇ」

と、彼女がキャリーの網の部分に手を近づけると、スワンはシャーッと威嚇《いかく》をしました。

「まさくん、この子、左耳にリボンを付けたらキティちゃん、右耳にリボンを付けたらミミィちゃんになるね。キティちゃんとミミィちゃんは双子で、キティちゃんがお姉さんなんだよ。ミミィちゃんのリボンは黄色、キティちゃんのリボンは最近、赤からピンクに変わっちゃって、ママちょっと残念。ママ、赤のキティちゃんの方が好きだったんだぁ」

留香は、正樹の母親の陽に焼けていない青白い首筋を見て、何故か見てはいけないものを見たような気がして顔を背けました。

診察室から港先生が出てきて、口をもぐもぐさせながら言いました。

「ちょっとお昼をいただいていて遅くなりました。お母さん？」

「はい、母です」正樹はきっぱりした声で言いました。

「おや、お知り合い？」港先生は、母子と姉妹を見比べて訊ねました。

「まさきくん、妹の同級生なんです」かすみが答えました。

「おや、それは奇遇《きぐう》だね」港先生は口の周りを手の甲で拭いました。

白い髭にケチャップが付いていたので、ハンバーガーかホットドッグだろう、とかすみは思いました。

「原田さん、お待たせしましたぁ。どうぞ、お入りください」


姉妹は、お揃いの、さくらんぼの飾りが付いたつばの広い麦藁《むぎわら》帽子をかぶって、外に出ました。

光町3丁目のバス停から空を見上げた時は曇り空だったのに、雲の裂け目から太陽が現れ、ぎらぎらと照り付けています。

姉妹は、車に注意をして信号のない横断歩道を渡りました。

左右の歩道の桜の木が葉を生い茂らせているので、木陰の多い通りです。

留香がバス停の時刻表を見ていると、

「川の源をせき止め」

とかすみが言いました。

バス停前の教会の掲示板に書かれた聖句です。

お姉ちゃんが毎週日曜日に通ってた教会……

お姉ちゃんが中退した女子校はミッションスクールだったから、日曜日に教会に通うことがギム付けられていて、わたしもお姉ちゃんといっしょに礼拝に出たことがある。

イースターの時は、ゆで卵の殻《から》にクレヨンとか絵の具とかマジックとかで絵を描いて、色セロファンでキャンディーみたいにくるんで、楽しかったな……

去年のクリスマスページェントでは、お姉ちゃんがマリアさまを演じた。「お姉ちゃんが赤ちゃん抱いてるなんて、ヘン」って言ったら、「ヘンじゃないよ、マリアさまがショジョカイタイをしたのは、わたしと同じくらいの時なんだから」ってお姉ちゃんが言ったことを覚えてる。

お姉ちゃんは、クリスマスの讃美歌をぜんぶ覚えてて、とってもきれいな声で歌ってた。お姉ちゃんって、歌うまいんだよね……美人だし……歌手にでもなればいいんじゃないかな……そしたら、東京で一人暮らしするでしょ？　そしたら、わたしは、ママとパパとスワンを独《ひと》り占《じ》めできる……

「あの学校はやめたけど、クリスマス礼拝には出たいな」

かすみの声を聞いた途端、アブラゼミの鳴き声が急に留香の耳に付きました。

「出れば」

なんだか頭が痛い……熱中症かもしれない……

「なに？」

「なにってなに？」

「なんか、つんけんしてるじゃん」

「べつに」

なんで、このひとは、みんなが自分の話をいっしょうけんめい聞かないと気が済まないんだろう？

「まさきくんだっけ？　あの子のお母さん、ちょっと変わってたね。キティちゃんに双子の妹なんていたっけ？」

「いるよ、ミミィちゃん」

「ふぅん……バス、あと何分で来る？」

「十五分」

「スワン、静かになった。お昼寝だね」

留香は、正樹のことを考えました。

正樹くんは、幼稚園のたんぽぽ組からずっといっしょで、昔はひかり公園の運動広場のすぐ近くに住んでたんだよね。

スワン問題でゼッコウしたひなちゃんと時子ちゃんが、「まさきくんは、かわいそうな子なんだよ」ってひそひそ噂してたことがある。

きっとわたしやお姉ちゃんもいろいろうわさされてるんだろうな……

二人のうわさによると、正樹くんのお母さんは、正樹くんをギャクタイして、正樹くんはシセツに預けられてたんだって……

正樹くんが「今度、お母さんと住むんだ」ってうれしそうに言いふらしてたっていうのもうわさなんだけどね……

曲がり角の向こうから、乗車人員の減少によって二十年連続で赤字額が増えて、いよいよ廃線になると噂されているクリーム色の市営バスが現れました。

「来た！　るかりん、うち帰ったら、ママにレモネード作ってもらお！」と、かすみは妹の手を取ると、ぎゅっと握って大きく振りました。

留香は、姉と手を繋《つな》ぐのはずいぶん久しぶりのことだったので、緊張しました。

手首に切り傷がたくさんある左手の方だ、と思ったら、その痛みごと腕を伝って流れ込んでくるようで、いっそうドキドキしました。

「氷いっぱい入れて、コップの縁に輪切りのレモンさして、チェリー二コずつ入れて！　あぁ、のど渇いた！」

実際に来てみると、たいしたことはなかった。

五年前に光町の隣町に引っ越してきた時、真っ先に来てみたいと思ったのが、この公園だった。

なかなか訪れることができなかったのは、光町で生まれたから「ひかる」という名を付けた、という父親の話を思い出すたびに、記憶の中の柔らかい部分が揺さぶられて、怖かったからだ。

ひかるは、さっきはあまりよく見ないで通り過ぎた家の跡地に引き返しました。

不審者に見られないように気を付けながら、金木犀《きんもくせい》の生け垣の隙間《すきま》から家を覗《のぞ》きました。

ひかるが暮らしていたのは、そっくり同じ間取りの家が三軒並んだ建売《たてうり》で、小さな庭には母親が挿《さ》し木で殖《ふ》やした紫陽花《あじさい》が植えてありました。右隣の家は老夫婦の二人暮らしで、左隣の家にはコリー犬の犬小屋があり、会社員の三人家族が暮らしていたはずです。

刈り込まれたばかりの芝庭の真ん中の花壇には真紅《しんく》の鶏頭《けいとう》が咲き誇り、泡立つように咲いている百日紅《さるすべり》がウッドデッキにピンク色の花を散らしていました。

この辺には珍しい大きな家です。

こんなに広くはなかったから、三軒とも潰して一つの宅地にしたんだろうな……

母親と父親と三人で同じ家に暮らしていた十二年間はなんだか別の世界の出来事のような感じがする。

物語を書いたことはないからよくわからないけれど、自分が想像して書いた物語の中の出来事のような……

自分によく似た男の子と、母親によく似た女のひとと、父親によく似た男のひとが登場する家族の物語……

ひかるは、真ん中に白い線がある舗装道路を歩いて、どんぐり広場の入口に向かいました。公園をぐるっと取り囲むドーナツ状の車道には信号機も横断歩道もありませんでした。マイカーを持っているひとが車庫から出入りするか、あとは路線バスが通るぐらいなので、車の通りは少ないのです。

この公園で夏祭りがあったな。盆踊りの櫓《やぐら》が出て、やきそばやたこ焼きやベビーカステラの屋台が出て……うんと小さい頃は母親に浴衣《ゆかた》を着せてもらって、父親に肩車をしてもらって出掛けた。父親と母親に両手を繋いでもらって、二人が高く上げた手にぶら下がってはしゃいだこともあったような気がする。月がぁあ出た出たぁ　月がぁあ出たぁ　あよいよい……だいたい最初に流れるのは炭坑節で、家でまだ晩ごはんを食べているうちに炭坑節を聞くと、あぁ、始まっちゃった、とごはんにお味噌汁をかけて搔っ込んだもんだ。

あれは、父親がうちから出ていった年の夏祭りの夜のことだった。

お祭りが終わって家に帰ると、父親に「ひかる、ドライブしよう」と誘われた。父親の車はシルバーのアンフィニだった。助手席に乗ると、車は公園をぐるっと一周して、坂道を下りて大きな道路に出て、そのままインターチェンジの入口を上って高速道路を走り、海のある町で高速を下りた。

海沿いの国道を回って、下の道で帰った。

たぶん二時間ぐらい、車の中で父親と二人きりだった。

あの時、父親と何を話したのか、おれは覚えていない。

父親は、母親と別れることを迷っていたのかもしれない。

それとも、もう決めていて、おれを引き取るかどうかで迷っていたのか……

お祭りのあいだ、父親と母親は別れ話をしていたのかもしれない、と今になって思う。

いっしょに暮らしていた十二年間、父親と母親の夫婦仲が離婚をしなければならないほど悪くなっていたなんて、おれは全く気づかなかった。

何も知らせてくれなかった両親よりも、何も気づかなかった自分が、許せなかった。

ひかるは、どんぐり広場の水飲み場の隣のベンチに腰を下ろしました。

そう、夏祭りがあったのは、この広場だ。

縁日の釣銭を落とすひとが多いから、翌朝早くにこの広場に来ると十円玉や百円玉を拾えたんだけど、友だちには内緒にして独り占めしていたもんだ。

おれは、歳月《さいげつ》の階段をうまく上がれず、途中で踏み外してしまったような気がする。

たぶん、十二歳の時に……

雑草を刈る音がする。

下の方だ。

野球場の観覧席の芝生の辺り……

この公園は広い。

でも、記憶の中の公園よりは広くない。

ニャアー、というねこの鳴き声を聞いて、ひかるはうたた寝から目を覚ましました。

ねこの姿を探しましたが、見当たりませんでした。

この公園は、昔からノラねこが多い。

隣のおばあさんは、ノラねこに餌をやってたな。

よそから車でねこを捨てに来るひとがいて困る、とうちの母親によく愚痴《ぐち》ってた。

アルミ、ちゃんとお留守番してるかな……

昨日の「アルミ日誌」には、タオルケットの端っこを齧《かじ》っていたアルミの乳歯が抜けたことを書いた。白いタオルケットにけっこう血が付いてたから慌てて港先生に電話をしたら、「そりゃあ乳歯は抜けますわいな。あなただって全部抜けて、永久歯に生え変わったわけでしょ？　風呂に入っている時に電話が鳴ったから、わたくし、いま全裸ですよ、ブッホッホ」と電話口で大笑いされた。

乳歯は、インスタントコーヒーの空瓶に入れて全部取っておくことにした。

ねこの居る生活と、ねこの居ない生活とでは、ぜんぜん違う、とひかるは思いました。

ひかるはねこを飼うようになって、ねこが全身から発している温かさや長閑《のどか》さこそ、自分の生活に必要なものだったのだということに気づきました。

両親と別れてからずっと、ひかるは食べることが苦手でした。切ったり、刺したり、つついたり、掬《すく》ったり、噛んだり、飲み込んだりするのが、面倒臭いのを通り越して苦痛で仕方なかったのです。

アルミと暮らすようになって、ひかるはアルミといっしょに食べられる食材を選ぶようになりました。鶏のササミ、牛肉、カレイやタラなどの白身魚、マグロの赤身、カッテージチーズ、ゆで卵の黄身――、生後二ヶ月で成長期だから偏食にならないようなんでも食べさせないといけない、と包丁で肉を細かく叩いたり、フードプロセッサーで野菜と混ぜ合わせたりして、ひかるはアルミと自分の食事を拵《こしら》え、「いただきます」「アーちゃん、おいしいね」「たくさん食べなさいよ」と母親のような口調でアルミに話し掛けながら食べるようになったのです。

ソファに寝そべって本を読む時、ひかるは片方の肘掛けに頭をのせ、もう片方の肘掛けに両足をのせます。そうすると必ず、アルミがおなかの上に跳び乗って本の隙間からひかるの顔を覗くのです、ゴロゴロと喉を鳴らしながら。先に眠るのは、アルミです。アルミの寝息と体温に誘われて、ひかるは何ページも読み進まないうちに眠りに落ちるのでした。

何をしていても、何もしていなくても、ねこの周りには平安としか言いようのないものが漂っている、とひかるは思いました。

飛行機の音が聞こえる。

頭の真上だ。

眩《まぶ》しくて見えない。

目を細めると、また急速に眠くなり、ひかるは目を閉じて腕組みをしました。

あぁ、そうだ……お祭りの翌朝、まだ暗いうちに公園に行ったら、隣のおばあさんがノラねこに餌をやっていた。植木皿にシコイワシや豆アジなどの魚をたくさんのせて、魚を食べるねこの前にしゃがんで、ぶつぶつと何か話し掛けていた。あのおばあさんは、どこに引っ越したのかな……生きてるのかな……生きていれば八十歳は超えているな……なんて名前だったかな……家庭菜園のトマトやきゅうりをお裾《すそわ》分けしてもらったことは覚えてるのに、表札の名前が、思い出せない……


「マシュマロ返して！」ひなちゃんが叫びました。

「マシュマロじゃないよ。もう、スワンって名前を付けて、うちの子になったんだから、スワンだよ」と、留香は辺りに目を走らせましたが、人影はありませんでした。

この秘密基地はひなたぼっこ広場の窪《くぼ》地にあり、ひかり公園の中で唯一の死角なのです。

ここに隠しておいたスワンの二ひきのきょうだいが、ひと月前に段ボール箱ごと消え去ってからというもの、留香はときどき様子を見にきていたのです。まさか、ひなちゃんと時子《ときこ》ちゃんが現れるとは――。

「いま、うちに帰って、マシュマロを連れてきて！」と、ひなちゃんは留香に命令しました。

「なんで？」留香は冷ややかな目で、ひなちゃんの顔を見ました。

学校でこの二人に無視されてるけど、もう同じグループじゃないから、関係ない。わたしは、映美子《えみこ》ちゃんと菜々《なな》ちゃんと美穂《みほ》ちゃんのグループに入ったんだから、無視されてもぜんぜん平気――。

「なんでって、わたしのだから！」ひなちゃんは興奮して顔一面に汗を浮かべています。

「なんで？」

「わたしが最初に見つけたんじゃん！」

「だって、ひなちゃん、動物禁止のマンションだから飼えないって言ったでしょ？」

「だからぁ！　ひなちゃんちはあと四年したらおうちを建てて飼えるようになるのぉ！　マシュマロは一時保護だって約束したでしょ！」時子ちゃんは口をひきつらせながら喚《わめ》き散《ち》らしました。

「四年って、一時とは言えないよ」留香はなるべく息を浅くして、声が怒りで震えないよう心掛けました。

「じゃあ、弁償してよ。チンチラはペットショップで買うと、二十万円はするんだよ」ひなちゃんが言いました。

「そうだよ、二十万円持ってきなよ！」時子ちゃんが繰り返しました。

「スワンは、この公園に捨てられてたねこなんだよ。チンチラかどうかもわからないし、ひなちゃんとときちゃんが飼ってたねこじゃないでしょ？」留香は一つ一つの言葉をゆっくり、用心しながら声にしました。

「だから、わたしが第一発見者だって言ってるじゃん！」

「横取りするなんて、キタナイ！」

「スワンはうちの家族になって、もう一ヶ月になるんだよ。体重だって四百グラムから千百グラムに増えて、もう完全にうちの子なんだからね」

「ドロボー！」

耳元で爆発が起きたみたいな鋭い声でした。

「なんで？」

「ひとのねこ盗《と》るのって、ドロボーじゃん！」

「ひなちゃんに謝りなよ！」

「なんで？」

「なんでって、ひなちゃんに悪いことしたでしょ！　ドゲザしなよ！」

頭の中でブーンと蜂《ハチ》が飛ぶような音がして、悪いことが起こりそうな気配で鼻の奥がツンとしました。色んな考えが頭を駆け巡っているのに、そのどれか一つも考えることができず、わけがわからなくなって、留香は二人に背を向けました。

逃げ出そうと一歩足を踏み出した瞬間、後ろから髪をつかまれ、つんのめって倒れると、二人がかりで体を押さえ付けられました。

自転車のブレーキの音がしました。

同じクラスの正樹くんが歩いてきます。

正樹くんは、動物園で見た鹿に似ているな、と留香は思い、こんな時にそんなことを思う自分が不思議でした。

正樹くんは、三人に近づくだけ近づいて突っ立っています。

「なに？」ひなちゃんが正樹くんの顔を睨《にら》み付けました。

「やめなよ」正樹くんの声はとても柔らかでした。教会から流れてくるオルガンの音みたいに柔らかだったので、場違いな感じすらしました。

「関係ないんだから、あっち行ってよ！」ひなちゃんが怒鳴りました。

正樹くんの丸い顔はいつもよりも引き締まって白っぽく見えました。

「あんたのお母さんなんて、歳ごまかしてキャバクラで働いてるって、お母さんが言ってたよ」ひなちゃんはおとなびた嘲笑《ちょうしょう》で口をひん曲げました。

うぉぉっと大きな唸《うな》り声を上げて、正樹くんがひなちゃんを突き飛ばしました。

尻餅《しりもち》をついたひなちゃんは、うわっと泣き出しました。

「なにすんの！」

時子ちゃんが正樹くんにつかみかかって顔を引っ掻き、止めようとした留香の後頭部に、「このぉ！」とひなちゃんの拳《こぶし》が振り下ろされました。

留香がよろめいてうずくまると、大股の足音が近づいてきました。

「やめなさい！」

と、ひかるが子どもたちを叱り付けた数秒後に、「夕焼け小焼け」のメロディーが公園中に響きました。

五時です。

しばらく肩で息をしていた時子ちゃんは、泣きじゃくるひなちゃんの肩を抱くようにしてどんぐり広場の方に歩いて行きました。

正樹は拳を握り締め、下唇を噛んでその場に立ち尽くしていました。

我に返った留香の顔にショックが広がっていきました。

「だいじょうぶ？」ひかるが訊ねました。

「まさきくんは、関係なかったんです、わたしが、ねこを……」と言い掛けて、留香の目から涙がこぼれました。後から後からあふれてくる涙で、風景がゆらゆら揺れて見えました。

正樹は泣いている留香の顔から目を逸らし、ひかるの顔を見上げました。

二人ともほぼ同時に、動物病院で出会った時のことを思い出しましたが、正樹は口を噤《つぐ》んだまま横倒しになっている自分の自転車のところへ戻り、自転車にまたがって公園の外へと走り去りました。

台所から卵と玉葱《たまねぎ》と鶏肉の甘じょっぱい匂いが漂ってきます。

サンタはドアの隙間に前足の爪を挟んで引き、少し広がった隙間に前足を入れて、ひょっこりと顔を覗かせました。

「サンタ！　ここはダメ！　ねこダメゾーンだよぉ」と、正樹の母親はフライパンの中で煮上がった具に溶き卵を回し入れました。

「まさくぅん、ごはんよそってぇ。ママはまさくんの半分ぐらいでいいからねぇ」

正樹は炊飯器《すいはんき》の蓋《ふた》を開けて、炊き上がったごはんを二つの丼によそって訊ねました。

「サンタには？」

「サンタには、味が付いてないたまねぎ抜きのを作っといたから、キティちゃんのお皿によそってあげてぇ」

正樹がキティちゃんの顔が底にプリントされているプラスティック皿にねこ用の親子丼をよそっているあいだに、正樹の母親はごはんの上にお玉で具をのせました。

「まさくぅん、おノリちょきちょきしてぇ」

正樹の母親は、時々もっと小さい子に話すような言い方をしますが、正樹はくすぐったいような甘い気持ちになって、その言い方が嫌いではありませんでした。

「はぁい、でーきた！　まさくぅん、冷蔵庫から麦茶出してぇ」

冷蔵庫を開ける正樹の脚と脚のあいだにサンタが体を潜り込ませました。

「わぁ、サンタ、危ない」正樹は足元のサンタに注意をしながら、ガラスのピッチャーを傾けて二つのグラスに冷えた麦茶を注ぎ入れました。

「人間でもねこでも、赤ちゃんってもうずんずん向かってくるんだよねぇ。まさくんも、赤ちゃんの時、ママがトイレに入るたびに、トイレの前までハイハイで追っ掛けてきて、ドアに手をついて立っちして、ママ！ママ！ってうるさいの。だから、ドアを開けることができなくってね、だって開けたら、まさくん後ろにひっくり返っちゃうでしょ？」

正樹は、小さい頃の自分の話を聞くのが好きでした。

「まさくぅん、お箸《はし》出してぇ。さぁ食べよぉ。ママ、三十分で仕度して出ないといけないから」

正樹は、流しの横の引き出しからハローキティの赤い箸を二膳取り出しました。

「お箸を上に向けて持っちゃダメだよぉ。サンタにつまずいて転んで、自分でのど刺したら死んじゃうし、目ぇ刺したら失明しちゃうからねぇ」

親子丼はお盆の上で緩やかな湯気を上げながらダイニングテーブルに運ばれました。

「いただきまぁす」

「いただきまぁす」

母子《おやこ》は晩ごはんを食べはじめました。

「うん、おいしくできた。親子丼は、溶き卵を二回に分けて入れるのがコツなんだよ。そうすると、一回目の卵がふわっとして、二回目の卵がとろっと半熟っぽく仕上がるの。まさくん、覚えといて、いつかカノジョとか奥さんに作ってあげなね」

正樹は、おとなになった時の自分の話をされるのが嫌いでした。その話の中にはママが居ないからです。ぼくが親子丼を作ってあげるとしたら、ママしかいないのにな、と正樹は大好物のグリーンピースを卵の中から摘《つま》み出して口に入れました。

「なぁに、まさくぅん、グリーンピース、卵とごはんといっしょに食べなよぉ。そんなチマチマした食べ方してると、カノジョに嫌われるよ」

「カノジョなんかできないからいいよ」

「できるよぉ、あと三年で中学生じゃん。あれ？　まさくん、顔の傷、どうしたの？」

「……ひかり公園でバッタつかまえてて転んだ。ママ、サンタのしっぽが丸いのって、怪我《けが》かなんかでちょん切れちゃったからなのかな？」

と、正樹は話題を逸《そ》らして、テーブルの下にいるサンタを見下ろしました。

「生まれつきなんじゃない？　しっぽが短いねこも割といるよ」ママも親子丼を食べながらサンタを見ました。

親子丼を食べ終えたサンタは、未練がましくキティちゃんの顔を舐《な》めています。

「サンタ！」

ニャア！　サンタはうれしそうに返事をして正樹の膝に跳び乗り、頭を撫でてやるとゴロゴロ喉を鳴らし、くるりと回って虎模様のおなかをさらしました。

正樹の母親も親子丼を食べ終えて、麦茶を飲んでいます。

「まさくん、サンタって、やっぱり、さん付けのほうがしっくりこない？　サンタさん」

「こないよ、サンタ！」正樹は拗《す》ねたように言って、麦茶を飲み干しました。

ニャア！

サンタは伸び上がって正樹の顎《あご》に頭を擦り付け、口の周りをザラザラした舌で舐めました。

サンタクロースはクリスマスの夜にプレゼントを持って良い子の家にやってくる。ママといっしょの初めてのクリスマスだ、と正樹は思いました。

電話が鳴りました。

「あれ？　誰だろ？」

母親が携帯電話に表示された番号を見て、首を傾《かし》げました。

「もしもし？……はい、わたしが正樹の母ですが……はい……はい……え？……ほんとうですか？……あぁ……はい、ひかり公園で……あぁ、それは……すみません……」

正樹はねこを撫でる手を止めて、張り詰めた面持ちで母親の後頭部を見守っていました。

母親は受話器を戻して、正樹の顔を見ました。

「あんた、ひなって子をイジメたの？」

「………」正樹は、ぴくぴくと痙攣《けいれん》している母親の左の下瞼《まぶた》を見ました。

「なんで黙るの？　説明しなさいよ」

「……自転車でひかり公園に行ったら、ひなちゃんと時子ちゃんがふたりで留香ちゃんをイジメてたから、ぼくが止めました」

「男はね、どんなことがあっても、女に手を出しちゃいけないの！」

母親はハローキティの壁掛け時計を見て、タバコに火をつけました。

「あぁ、時間がない！　お化粧、十分でして出ないと遅刻しちゃう！」

母親はくわえタバコで鏡台の前に座ると、前髪をクリップで止めて化粧を始めました。

正樹はサンタを床に下ろし、母親の後ろに立って言いました。

「でも、ぼくは、イジメてない」

「ひなって子のお母さん、頭にコブができたって言ってたよ。病院でCT撮って結果は異常なかったそうだけど、その治療費も払わないといけないし、いっしょに菓子折り持って謝りに行かなきゃいけない」母親は眉間に皺《しわ》を寄せたままパウダーファンデーションを顔中にはたきました。

「ぼくは、イジメて、ない」

「嘘つくんじゃないよ」母親は細い煙を鏡の中の正樹に吐き掛けました。

「嘘じゃない」

母親は目を閉じてアイラインを引き、目を開けてマスカラを塗り、鏡の中の正樹と自分の顔を見比べて、薔薇色の口紅を塗りながら言いました。

「嘘つき」

「嘘じゃない」

正樹は、嘘つきと言われるたびに、母親に突き飛ばされ、母親と自分の隔《へだ》たりが大きくなるのを感じました。

「いったい誰に似たんだろう。嘘ばっかりついて」母親は前髪のクリップをはずし、鶏《にわとり》のように頭を上下させながら言いました。

「どうして信じてくれないの？」

母親はくるっと振り向いて、左手の人差指を正樹の顔に突き付けて叫びました。

「嘘つき！」

正樹は母親の言葉に撃たれました。体からあらゆる力が抜けていくようでした。

「あんたなんか、産むんじゃなかった！」

母親は鏡台の鏡にタバコの火を押し付けて消しました。灰色のジャージを脱いで、胸元が大きく開いたショッキングピンクのドレスに着替え、耳たぶとうなじと手首の内側に香水を付け、ハンドバッグを肩に掛けて、「行ってきます」も言わないで出て行きました。

スクーターのエンジンがかかる音がして、ブルブルブルブルという音が遠ざかって――、正樹はゆっくりと部屋を横切って玄関の鍵を閉めました。

ダイニングテーブルの椅子に座って、空になった二つの丼とハローキティの二膳の箸を見下ろしました。

サンタが膝に乗ってきました。

正樹はサンタを乗せた足をしばらくブランコのようにぶらぶらさせていました。

そして、ふうっと長く大きな溜め息を吐くと、「ちょっと降りて」とサンタを床に降ろして、丼を台所に運び、スポンジに洗剤を振り掛けて丼と箸とグラスを洗いました。

洗い物を終えると、正樹は鏡台の前に座りました。

ウェットティッシュでそうっと崩れないように、化粧水と乳液の瓶《びん》のあいだに落ちたタバコの灰を摘み取り、鏡に残った痕《あと》を拭き取りました。

頬と額に引っ掻き傷がある自分の顔を見ました。

目の中の黒い中心に煌《きら》めくものがあるのを、正樹は見ました。

鏡の上の方にハローキティの壁掛け時計が映っています。

鏡の中でも時計の針は動いています。

「七時四十五分」正樹は今の時刻を声に出しました。

母親が仕事に出掛けているあいだ、正樹は何十回も何百回も時計を見ます。

一秒一秒、母親が帰ってくる時間が近づいてくるからです。

正樹はどんなに熟睡していても、スクーターの音が近づいてくると目を覚まします。スクーターがアパートの前で停まると、カンカンカンと鉄の階段を上るハイヒールの音が響いて、コツコツコツと廊下のコンクリートを踏む音に変わって、玄関のドアを開ける鍵の音がして――、そのあたりで正樹は隣で寝ているサンタに手を伸ばして、ゴロゴロゴロと喉を鳴らす音と共に再び眠りに落ちるのでした。

もう一度、正樹は時計の針の位置を確認し、指を折って計算しました。

「サンタ、あと六時間五分二十一秒で、ママが帰ってくるよ」


どんぐり広場に集まった子どもたちは三十人ぐらい、あとの十人は六十歳以上のお年寄りでした。

「光町子ども会」の会長である田中さんが、みんなの前で挨拶《あいさつ》をしました。

「えー、おはようございます！　今日は八月三十一日、夏休み最後の日です。みんな、夏休みの宿題は終わったかな？　宿題が終わった子も、宿題が終わってない子も、明日からの新学期に備えて、気持ち良く体を動かしていきましょう。おとなの方は、無理をしないよう気を付けてくださいね」と、田中さんはトランジスタラジオの周波数を合わせて音量を最大にしました。

「新しい朝が来た　希望の朝だ　喜びに胸を開け　大空あおげ　ラジオの声に　健やかな胸を　この香る風に　開けよ　それ　いち　にい　さん」

田中さんはラジオ体操のお手本係なので、いつも一人で前に立ちます。後ろの列にいる町内会長の加藤さんと目が合い、田中さんの方から会釈《えしゃく》をしました。加藤さんの真後ろに初めて見る顔がありました。顔色が悪く、何日も頭を洗っていないようなぼさぼさ髪の三十歳前後の男——。

「腕を前から上にあげてのびのびと背伸びの運動から……はい、いちっ、にっ、さん、しっ……手足の運動ぉ……いちっ、にっ、さん、し、ごぉ、ろく、しち、はちっ……」

田中さんは、胸の前で組んだ両腕を左右に振り上げながら思いました。

夏休みは一時帰省するひとが多いから、不審者だと決め付けて白い目で見てはいけない。だいたい不審者が早起きしてラジオ体操なんかやりにこないだろう。子どもは高校を卒業して町を離れると、どこの誰だかわからなくなる……

「腕を回しまぁす、外回し、内回し、ごぉ、ろく、しち、はち、いちっ、にっ、さん、しっ、ごぉ、ろく、胸の運動ぉ、足を横に開いて横振り、斜め上、ごぉ、ろく、しち、はち、いちっ、にっ、さん、しっ、ごぉ、ろく……」

いちばん後ろの目立たないところで適当に手足を動かしているひかるは、ラジオ体操をする男の子たちの背中を見比べていました。

やっぱり、前から顔を見ないとわからないか……あの男の子のことが気になったんだけど、厄介《やっかい》な取材相手が三人つづいて、ここ二週間身動きが取れなかった。普通は一時間前後で終わる取材なのに、三時間ノンストップでしゃべり倒した経済学者の文字起こしは大変だった。どんなに速くやっても録音時間の三倍は掛かるものを早口で二万字以上しゃべったから、文字起こしだけで九時間、その情報を取捨選択しながら五千字の雑誌原稿にまとめるのに四日も掛かった。ようやく経済学者のインタビュー記事から手を離せたと思ったら、新刊の著者インタビューだというのに全くしゃべろうとしない作家、ゴキゲン斜めのアイドル歌手……この二週間、根を詰めて他人の声ばかり聞き、ある意味、他人に成り切って書きつづけたようなものだったから、たまには散歩に出るなり運動するなりして気分転換しないとおかしくなると思って、ラジオ体操に参加することを思い付いた。子どもの頃は皆勤賞の図書券が欲しくて、夏休みは毎朝六時半にこの公園に来てラジオ体操をしていた……

「体を横に曲げる運動……いちっ、にっ、さん、しっ、ごぉ、ろく、しち、はち、いちっ、にっ、さん、しっ、ごぉ、ろく、前下に曲げましょう……腕を起こして後ろに、いちっ、にっ、さん、しっ、ごぉ、ろく……」

留香は、姉のかすみの隣で上体を数回前に倒したあとで後ろに反らす運動をしています。

ひなちゃんと時子ちゃんが、ラジオ体操が始まる前にこっちを見て、なんかひそひそ言ってた。あの日から、わたしは一人では公園に来てない。あの日のことは、お姉ちゃんにもママにもパパにも話してない。ひなちゃんと時子ちゃんとわたしの事件だったら、話したかもしれないけど……正樹くん……ひなちゃんが正樹くんに対して言ったことは、話せない。ときどき怒りみたいなものがおなかの底から込み上げて、吐きそうになることもあるけど、明日から二学期で、学校に行けば、映美子ちゃんと菜々ちゃんと美穂ちゃんが味方してくれるから、きっとだいじょうぶ。問題は、正樹くんだ。明日、学校で会ったら、どんな顔すればいいんだろう、わたし……

「腕を振って体をねじる運動、左、右、左、右、左に大きく、しち、はち、右、左、右、左、ごぉ、ろく……」

ひかるは、腕を振りながら、田中さんの顔を見ました。

たぶん、あのひとだ……田中さん、田中さんだ……白髪が増えたけど、顔は変わってない
……ラジオ体操が終わると、田中さんに出席カードを見せて、判子を捺してもらって、走って家に帰る。玄関のドアを開けると、ごはんとお味噌汁の匂いで家の中がふっくらとしている。母親は、朝ごはんをしっかりつくるひとだった。おいしいとおれが言うと、お母さんの

分も食べなさいと言い、いいよと言っても、魚や卵焼きを箸で切っておれの皿にのせてくれた。食べ終えると、お代わりはいいの？と訊ねられ、もうおなかいっぱいだよと言うと、立ち上がって果物を剝《む》きに台所へ行く。夏は、西瓜《すいか》か桃……おれは桃が果物の中でいちばん好きだったから、今でも毎年お中元の季節になると桃を箱で送ってくる。父親は、朝ごはんの後に新聞を読むのを日課にしていた。父親が総理大臣や選挙制度改革や消費税に対して文句を言うのを、おれは訳知《わけし》り顔で聞いていた。

「足を戻して手足の運動、いちっ、にっ、さん、しっ、ごぉ、ろく、しち、はち、いちっ、にっ、さん、しっ、ごぉ、ろく、足を横に出して斜め下に……正面で起こし……しち、はちっ……さん、しっ……」

明るい家庭だった。あの明るさは全部フリだったのか？　家族に対する嫌悪や憎悪とは別の場所に流れるのが日常だとしたら、日常とはなんて怖いものなんだろう。

「腕を振って体を回す運動、いちっ……さん、しっ……しち、はちっ……さん、しっ……」

あの日も、ラジオ体操から帰ると、朝ごはんが用意されていた。家中の窓が網戸になっていて、レースカーテンが生き物みたいに波打っていて……真夏の朝の光がさんさんと二人分の食事しか用意されていない食卓に降り注いでいた。お父さんは？と訊くと、母親は、お父さんとは離婚をしたの、と言った。父親の荷物は何一つ残っていなかった。ラジオ体操のあいだに全部を運び出すのは無理だから、おれに気づかれないように少しずつ運び出していたんだろう。おれは家を飛び出し自転車で坂道を下りて大きな道路を走り、インターチェンジが見えるところまで行ってみたけれど、シルバーのアンフィニは見当たらなかった……

「足を戻して両足飛びぃ、いちっ、にっ、さん、しっ、開いて閉じて、開いて閉じて……開いて閉じて、手足の運動、いちっ、にっ、さん、しっ、ごぉ、ろく、しち、はち、いちっ、にっ、さん、しっ、ごぉ、ろく、のびのびと深呼吸ぅ……さん、しっ……しち、はちっ……さん、しっ……しち、はちっ……」

田中さんが、首に巻いたタオルで顔の汗を拭《ぬぐ》ってから言いました。

「では！　皆勤賞だった小中学生のみなさんには、光町町内会からの賞品がありますから、一列に並んでくださぁい！　おとなのみなさんは、どうもお疲れさまでしたぁ！　これからも地域の見守りをよろしくお願いしまぁす！」

負債《ふさい》のような家族の記憶は、どうやって清算《せいさん》すればいいんだろうか——、と考えながら、ひかるは出席カードに判子を捺してもらう子どもたちの顔を見ました。

「皆勤賞は人数分あるから、そんなに押さない！　はい、かすみちゃん、おめでとう！　留香ちゃん、よくがんばったね。ひなちゃん、おめでとう！　時子ちゃん、はい、どうぞ！」

もしかしたら、この前イジメられていた女の子かもしれないと思える子はいましたが、ひかるは確信が持てませんでした。

男の子たちは早速《さっそく》、封筒の中から図書カードを取り出して、図書カードだ！　五百円分ある！　なに買う？などと肩をぶつけ合っていましたが、連れ立って走り出し、公園の外に出ると、じゃあな！　あとでな！と突かれたビリヤードの玉のように別々の坂道を駆《か》け下りて行きました。

あの子は――、港先生に、母親と二人暮らしだと言っていた。母親の実家に遊びに行っているのかもしれない。でも、今日は八月三十一日、夏休み最後の日だ……待つか……光町に住んでいるなら、この公園ぐらいしか遊び場がないから、夕方まで粘れば会える可能性は高い。でも、会えたとして、何を話す？　おれが彼に会いたいという気持ちは、言葉では表せない共感みたいなものだから、顔を合わせたとしても、話すことは、ない。偶然、動物病院で会って、偶然、公園で会ったんだ。二度あることは三度あるかもしれない。帰ろう。このところ忙しくてツナ缶ばかりだったから、魚屋に寄ってマグロの中落ちかなんかを買ってやろう。うちに帰ろう。ねこが首を長くして待ってる……おれを……アルミ……

「はい、クレッシェンドで、め〜ぐ〜る〜さ〜か〜ず〜き〜、デクレッシェンドで、か〜げ〜さ〜し〜て〜〜」

留香は、リコーダーのホールを指の腹で押さえながら笑いを堪《こら》えていました。

黒谷《くろたに》先生は、いつもみんなのリコーダーの合奏に合わせて歌うんだよね。音大の声楽科出えちゃう。

身だからなんだろうけど。ときどきちょっとおおげさ過ぎて、笑いでリコーダーの音がふる

「ほら、タンギングが甘いよぉ……もっと抑揚《よくよう》をつけてぇ……む〜か〜し〜の〜ひ〜か〜り〜い〜ま〜い〜ずこ〜……さぁ、今度はもっと情景を想像して吹こうね……今荒城の夜半の月変わらぬ光たがためぞ……荒れ果てたお城と、そのお城を照らす月……満月でもいい、三日月でもいいから、自分の中を月の光で照らしてぇ……はい、クレッシェンド、だんだん強くぅ……デクレッシェンド、だんだん弱くだよぉ……タンギングをていねいにぃ……ま〜つ〜に〜うとうは〜ただ〜あ〜らし〜」

黒谷先生が指揮棒代わりにしていた両手で、きゅっと小さな円を描いて止めた途端に、三年一組の教室は騒がしくなりました。

女子の中にもおしゃべりをしている子はいますが、男子みたいにリコーダーで手遊びをしている子はいません。男子は、リコーダーを机の上に立て、吹き口を顎《あご》で押さえてつっかえ棒みたいにしたり、指先でバトンみたいに回して床に落としたり、分解して机に並べたかと思ったら、戦闘機や戦車に見立ててブーンバババババッバキューンと机の上で戦争ごっこを始める子もいます。

「せんせー！　岡ちゃんが、井上くんの背中にドラえもんを描きましたぁ！」

と、廊下側の列の前から二番目の席に座っているひなちゃんが、クラス中の視線を集めま

した。

ひなちゃんの前に座っている井上くんの白いTシャツの背中には、泣きべそをかいたドラえもんみたいな顔が描かれていたので、教室全体が笑いとおしゃべりで膨《ふく》れ上がりました。

「黒板の青いチョークを取ったひとぉ！　岡島《おかじま》くん？」

「取ってませぇん！　ちょっと使わせてもらっただけでぇす！」

と、岡島くんはリコーダーの掃除棒で、井上くんの背中にバツ印を描いてみせました。休み時間に棒の先にチョークを塗り付けてイタズラの準備をしていたのです。

岡島慎之介《しんのすけ》くんは、授業中も休み時間も常にふざけているのに、三年生にして上級生のピッチャーを抑えて地元の少年野球チームのエースなので、光第一小学校では絶大なる人気を誇っているのです。

だから、ドラえもんの絵を描かれた井上くんも、首を捻《ひね》って自分の背中を見ようとしては、くっくっくっと笑っています。

黒谷先生も笑っているのを隠すように「はい、静かにしてぇ」と通路を歩きはじめましたが、先生がにやっとして唇を嚙んだのを留香は見逃しませんでした。

黒谷先生だけじゃないけど、同じイタズラをしても、笑って済ませる子と、すごく怒る子がいるのは、どうしてかな？　先生にも好き嫌いがあるのかな？　わたしが、えみりんとなぽんとみぽりんが好きで、ひなちゃんと時子ちゃんが嫌いなように……あぁ、もう、嫌いなんだから、ちゃん付けで呼ばなくてもいいよね。あんなヤツら、ひなと時子で十分だ。でも、ひなと時子は二人ともひかり公園の近くに住んでて、えみりんは学区外通学で、ななぽんとみぽりんは帰る方向が違うのが、イタイよね……ひなと時子とは幼稚園からずっといっしょだもんね、あと、正樹くんとも……

「落ち着いたら、教科書とノートを机の上に出してくださぁい」

岡島くんが手を挙げて言いました。

「落ち着かなかったら、出さなくていいんですか？」

みんなは、どっと笑いました。

「教科書三十四ページを開いてください。荒城の月を作詞作曲したひとの紹介が書いてあります」

と、黒谷先生は黒板に土井晩翠《どいばんすい》と滝廉太郎《たきれんたろう》の名前を書き、手に付いたチョークの粉をパンパンとはたきながら、生徒の方に向き直りました。

「あれ？　カップルで教科書を見てる子がいるけど、どっちが忘れたのかな？」

ひな、岡島くんと一つの教科書を見てる。ひなは運がいいな……席替えで人気者の岡島くんの隣になったなんて……仲良くしてれば、人気がうつるかもしれないからね……わたしの隣は、正樹くん……正樹くんは、始業式から四日間ずっとかぜでお休み……かぜなんてだれもひいてないのに、どうしたのかな……また、担任の高橋先生も、「原田くんは、今日もかぜでお休みです」って言う時、急に真面目な言い方になるんだよね。真面目っていうか、なんかしんとした言い方……わざとらしいなんでもなさっていうか……他のひとがかぜなら、もっとあっさり言うと思う。気のせい？　でも、うわさは広がってるよね。お母さんにまたギャクタイされたんじゃないかとか……それ系のだと、殴られてアザが消えるまで家から出してもらえないんだとか、死んじゃってるんじゃない？とか、親戚んちに預けられたんだと思うとか、正樹くんは日本人じゃなくて、ナントカ人なんだよ、だからお母さんと自分の国に帰ったんだよとか……

「土井晩翠さんは宮城県に生まれました。本名は土井林吉《りんきち》です。力強い作風の詩人として知られています。詩の他に翻訳も手掛けていました。翻訳っていうのはわかるかな？　外国語で書かれたものを日本語に直すことですね」

正樹くんは、学校に出てきても大変だと思う。わたしは隣の席だから、色々教えてあげたり貸してあげたりしないといけないのかな？　デキテルとかからかわれたら、どうしよう……仲間ハズレになって、えみりんとななぽんとみぽりんにも無視されたら、どうしよう……あんまり口をきかない方がいいかも……でも、この前みたいに、向こうから近づいてきたら、どうしよう……

「滝廉太郎は東京生まれです。ドイツに留学しましたが病気になって、日本に戻って二十三歳の若さで死んでしまいました。二十三歳っていったら、大学を卒業したばかりだよね。でも、二十三年の短い生涯で優《すぐ》れた作品をいくつも残しています」

留香は窓の外に目をやりました。

校庭の木々から蟬の声が響いてきます。

アブラゼミとミンミンゼミの鳴き声がツクツクホウシの大合唱に呑み込まれています。

空は、血の気が失せたような白。

時折、風がサーッと校庭を渡り、靄《もや》のような砂ぼこりを巻き起こしています。

次の時間、体育だ。あんな砂ぼこりが立ってるのに、運動会の組体操の練習しないといけない。わたし、女子でいちばん背が高いから、いつも下なんだよね。やだな……でも、体育が終わったら、給食だ。今日の献立は、ソフトめんのミートソースと、コーヒー牛乳と、ポテトチップスと、はっさく……


そろそろ、ママに何か食べさせてお薬を飲ませないといけない、と正樹はハローキティの壁掛け時計を見上げました。

あと五分で四時間目の体育の授業が終わります。担任の高橋先生がポストに入れておいてくれた献立表によると、今日の給食はソフトめんのミートソースです。

正樹は少し残念な気持ちになりましたが、台所のキャビネットの引き出しを開けて、白がゆのレトルトパックを二つ取り出しました。

鍋に水を入れ、火にかけ、沸騰《ふっとう》するのを待って、白がゆのレトルトパックを沈めます。

足元でサンタが鳴いています。

「今あげるからね、待っててねぇ」

正樹はキティちゃんのお皿にササミ入りマグロの缶詰を開けて、水を新しくしてやりました。

そうっと音を立てないように寝室のドアを開けると、母親は「まさくぅん」と嗄《しゃが》れた声を出しました。

クーラーから冷気が出る音がしています。

ちょっと寒過ぎるかもしれない……

正樹は、リモコンの設定温度を23度に上げました。

「カーテン開けてぇ」

正樹はカーテンを開けました。

「のど渇いたぁ」

母親の顔はむくみ、目は充血しています。

正樹が台所からポカリスエットとグラスを持って行くと、母親は上体を起こしていました。

「今日って、何日？」母親はポカリスエットをひと口飲むと、むせて咳き込みながらもう一度訊ねました。

「何日？」

「九月四日」

「九月四日？　ごめんねぇ、新学期から四日も学校休ませちゃって……あぁ……こんなに休んだら、ママお店クビになっちゃう……」

と、母親は激しく咳き込みましたが、正樹は背中をさすってあげることができませんでした。

まだ触ることができるほど、母親に慣れてはいないのです。

「熱、下がってるかな？」

正樹が体温計を手渡すと、母親は腋の下に挟《はさ》みました。

二人はお揃いのキティちゃんのロングTシャツを着ています。寝間着《ねまき》は母子《おやこ》で共用にしているのです。

「朝は、何度あったっけ？」母親が訊《たず》ねました。

「38・2度」正樹は即座に答えました。

ピピピピッ　ピピピピッ　ピピピピッ、母親のロングTシャツの中で体温計が音を立てました。

母親は襟《えり》に手を差し入れて体温計を取り出しました。

「あぁ、37・7度……ちょっと下がったぁ。でも、ママ、平熱が35度台だから、キツイんだよねぇ……」

「ポカリ、もっと飲んだ方がいいよ」

正樹はグラスにポカリスエットを注ぎ足して母親に手渡し、母親が飲み干すのを見守りました。

「着替える？」

と訊ねると、母親はTシャツを脱ぎ、裸でタオルケットにくるまりました。

正樹が衣装棚に畳んで重ねてあるロングTシャツを一枚取ると、残り二枚になってしまいました。

だいじょうぶ、洗濯して外に干せば、夜までには乾く、今日は風が強いから……

母親はロングTシャツを頭からかぶりました。

「おかゆ食べよう。お薬飲まないと」

正樹は台所からおかゆと錠剤と水を入れたコップをのせたトレイを運んできました。

二人は枕をクッション代わりにして壁に寄り掛かり、おかゆを食べました。

「毎日、おかゆでごめんねぇ。明日になれば熱が下がって、ママ、ごはん作れると思うから、ごめんねぇ……」

と、母親は枕の上に置いてあるタバコを一本くわえ、百円ライターで火をつけました。

母親の口と鼻から噴き出す煙を、正樹は見詰めました。咳してるんだから吸わない方がいいのに、と思いながら……

「なんで、風邪ばっかひくんだろう」

母親は、吸殻が山盛りになった灰皿でタバコを揉み消しました。

吸い過ぎだと気づいてくれるかもしれない、と正樹はわざと吸殻を捨てていないのです。

「まさくんにうつらないといいんだけどぉ……」

火を消しても、煙はまだ母親の顔の周りに漂っています。

「こないだもうつらなかったから、だいじょうぶだよ」

正樹は、薬局の袋から錠剤シートを取り出し、説明書の飲み方を確認してから親指で一錠一錠押し出し、母親の手の平にのせました。

母親は薬を飲むと、大きな溜め息と共に体を横にしました。

正樹は急ぎ足でうちの中を歩き回りました。トレイを台所に下げて、洗濯機に自分と母親の寝間着と下着とタオルと液体洗剤を入れてスタートボタンを押し、洗面器に氷と水道水と新しいタオルを入れて、寝室に持って行きました。

母親は横になって天井をぼんやりと眺めていました。

正樹は氷水に浸したタオルをぎゅっと絞《しぼ》って母親の額にのせました。

「熱、下がるかな？」母親は天井を見詰めたまま訊ねました。

「下がるよ」

カリカリと戸を引っ掻く音がします。

「サンタが入りたがってる」正樹が言いました。

「サンタに風邪うつらないかな？」母親が言いました。

「ねこには人間の風邪はうつりません」正樹はちょっと笑いました。

カリカリ、ニャア！　ニャア！　カリカリカリカリカリ……

「開けてあげて」母親は言いました。

正樹が戸を開けてやると、サンタはクゥクゥクゥクゥと鳩《ハト》みたいな声を出しながら、氷水で冷たくなった正樹の手に頭を擦り付けました。

「大きくなったね」母親が言いました。

「うん。もう一・五キロはある」

「まさくんのことだよ」

母親は右手を持ち上げて、窓から入る光を遮《さえぎ》ろうとしました。

「まさくん、ママ、いなかに帰ろうと思うんだけど……」

母親は腕を真っ直ぐ伸ばし、ピンク色のラメ入りマニキュアを塗った指を広げました。

「……」

正樹は黙ってサンタの背骨を撫でました。首の付け根からしっぽの付け根まで滑り降りるように何度も何度も――。

「ママ、なんだかとっても疲れちゃって……」

母親は、骨ばった細い手首を反《そ》らしました。

「いなかには、まさくんのお祖父《じい》さんがいるよ。まさくんはまだ会ったことないけど、ママのお父さんがいるの。ママも十五歳で家出してから一度も会ったことがないんだけどね……全校生徒が三十人ぐらいの小さな小学校があってね……」

クーラーの音に、サンタの寝息が混じりました。

「あぁ、サンタ寝ちゃったね。まさくん、ママとサンタといっしょにお昼寝しよう」

母親の声が湿っていたので、正樹は母親の顔を見ないようにして敷きっぱなしの布団の上に横になりました。

「眠くなるまで、しりとりしよう。んって言っちゃ負けなんだよぉ」

「知ってるよ」

「ごめぇん、まさくん、カーテン閉めてくれる？」

遮光カーテンを閉めると、部屋は真っ暗になりました。

「サンタを踏まないように気を付けて」

「サンタ、どこ居る？」

「ここに居る。ママの枕の隣」

正樹は手と足で布団の位置を探りながら横になりました。

「ねこ」

暗闇に母親の声が響きました。

「こおり」

正樹は暗闇に目が慣れてきました。

慣れれば、そんなに暗くない。

ママのいなかの学校にだって、そのうち慣れる。

慣れなかったことなんてなかった。

ママが居ないこと以外には……

「りんご」

母親の顔は正樹の顔のすぐ近くにあります。

声の息がかかるほど近くに……

でも、正樹には、母親と自分の声が隣のうちから聞こえてくるように感じられました。

なんだか、悲しいのかもしれない……

「ゴ、リ、ラ」正樹は自分の声を確かめるように言いました。

「ラッコ……また、こ、だよ」母親の声が遠くから聞こえます。

「こ」

「あと、十秒で思い付かなかったら、まさくんの負けだからね、十、九、八……」

「だから、こ！」

「こ？」

母親と正樹は真昼の闇の中で顔を見合せました。

「子どもの、子！」

「だったら、子どもにすれば？」

「子でいいよ」

「さては、こ攻撃だな。コオロギ」

正樹は、遮光カーテンの僅《わず》かな隙間から入り込む細い杖《つえ》のような光を見て、言いました。

「銀河系」

この銀河系に生きているのは、ママとぼくとサンタだけみたいな気がする、と正樹は思いました。

「イカ」

「かさ」

「サンタ」と言ったのは、母親でした。

ニャア！

と返事をしたサンタは前足で正樹の枕を掘るみたいな仕草をしました。

正樹は布団の端を持ち上げ、サンタを布団に入れてやって、言いました。

「タオル」

「ル、ル……ル……ダメだ、眠い……ママの負けでいいよ……お薬が効《き》いてきたみたい……サはサンタのサ……サンタクローシィズ　カーミーン　トゥ　ホーム……」

母親はふらふらした声で歌うと、静かな息をして眠りに落ちました。

正樹の脇腹にはぴったりとサンタが寄り添っています。

ぼくたちが住んでいるおうちは、よそのおうちよりもずっと寒くて、冬みたいだ。

正樹は、母親の顔に吹き付けるように息だけの歌をうたいました。

サンタクロース　カーミン　ツー　ホーム……

ゲンゴロウと
ラテと
ニーコの
おうち

神にできないことは何一つない。

教会の掲示板に張り出してあった聖句を読んだ留香《るか》は、何一つないなんて断言しちゃっていいのかな、と思いました。

礼拝堂の入口には大きなクリスマスツリーがありました。

樅《もみ》の木の枝には金、銀、赤、緑のグラスボールが吊るされ、天辺には金色の星が飾られています。

夜、電気がついたらきれいだろうな、と留香がツリーを見上げていると、姉のかすみが別の方を指差しました。

「見て、変わった鳥！」

「え？　どこ？」

「あそこ！　あそこだって！　るかりん、どこ見てるの？　わたしの指の先を真っ直ぐ見て」

「あぁ……いた」

真っ赤な実を枝という枝に付けた南天《なんてん》の木の上の方にちょうど鳩ぐらいの大きさの灰色の鳥が止まっていて、しきりに赤い実をつついています。

「ハト?」

「ハトじゃないよ。くちばしが黄色くて尖《とが》ってるでしょ。きれいなグレイの羽だね。最近、グレイがマイブームなの」

お姉ちゃんがグレイにはまっているのは、見ればわかる。チャコールグレイのピーコート、黒の靴下とヒールのある黒いローファー、ワインレッドのフレアースカート、薄いグレイのタートルネックのセーターの上につけている真珠のネックレスは、昨日お母さんからもらったものだ。

お母さんは最近とっても機嫌がいい。にこにこ笑ってばかりいる。お姉ちゃんは不登校だった私立中学を退学して、二学期から地元の公立中学に編入したんだけど、中間テストと期末テストの成績がとっても良かったんだって。この調子でガンバれば、推薦入試で高校に入れるわよ、ってお母さんはさっそく期待しちゃってた。わたしは、かすみお姉ちゃんにはあんまり期待し過ぎない方がいいと思う。小学生の時にお母さんが期待し過ぎて、期待通りの私立中学に入れたことは入れたけど、勉強についていけなくて不登校になっちゃったんだから。わたし、お姉ちゃんは期待に弱いひとだと思う。わたし? わたしは期待なんてされたことがないから、わからない――。

「あ、もう一羽いる。つがいだね」と、かすみが振り向くと、肩に掛かった髪の先がふんわりと揺れました。

出掛ける前にヘアアイロンで念入りに内巻きにしてたからね、と留香はちょっと悔しくなりました。

わたしはいつもの三つ編みに、お姉ちゃんのお古の紺色のワンピースですよ。白い大きな襟《えり》と、後ろでチョウチョ結びにしている腰の白いリボンが気に入ってることは気に入ってるけど、しょせんお古はお古、わたしに合わせて買ってもらった服じゃないもんね。

礼拝堂は意外と空席が目立ちました。

壁際に立っているひとが多いからです。ページェントに出演する我が子を撮影しようと、保護者たちがカメラの三脚を立てたり試し撮りをしたりしているのです。

留香とかすみは、前から二列目の真ん中辺りに座ることができました。

一列目には、白い垂れ耳が付いた白い帽子をかぶった幼稚園児たちが並んでいます。

「羊さんたち、かわいいね。羊飼いが天使のお告げを聞くシーンに登場するんだよね。るかりん、もこもこの帽子、似合ってたよね」

「覚えてない」

「え？　去年のクリスマスだよ。るかりん、飛び入り参加だったけど、羊さんなら台詞《せりふ》がないからだいじょうぶですよって、牧師さんの奥さんが帽子を渡してくれたじゃない。るかちゃんは他の羊さんたちよりちょっぴり大きいけど、お母さん羊っていう設定でいきましょうって」

「覚えてないよ」

ほんとうは覚えてる。羊役なんて帽子をかぶって黙ってしゃがんでるだけだから、あんまり印象に残ってないだけ。ピンク色のスカーフをかぶってマリアさまを演じたお姉ちゃんのことは、はっきりと覚えてる。ステンドグラスの光がお姉ちゃんの顔に降り注いで、ほんとうにきれいだった……わたしはずっとお姉ちゃんの記憶を自分の記憶みたいに連れて生きていくのかな……

二階の聖歌隊席に並んでいるハンドベルクワイヤーが「もろびとこぞりて」を演奏しはじめました。

「はじまる」かすみが早口で留香の耳に囁《ささや》きました。

留香は、入口で配られた赤い色画用紙を二つ折りにしたパンフレットを開きました。讃美歌の楽譜と歌詞をコピーした白い紙が糊付《のりづ》けしてあります。

ピンクのゆったりした衣装を身に付け、夫のヨセフに伴われて登場したマリアは、なんと同じ三年一組のひなちゃんでした。

「おめでとう。あなたは、この世の中で最も祝福された女のひとです。あなたは神さまから、とても大きな恵みをいただいたのです。あなたは間もなく男の子を産むでしょう。その子をイエスと名付けなさい」天使役の男の子がお告げを言いました。

ひなちゃん、いつこの教会に入ったんだろう？　去年のクリスマスの時はいなかったのに……ひなちゃんに気づかれたら、わたし、どんな顔すればいいんだろう？　お互い無視し合ってもう四ヶ月ぐらいになるのに……一応にっこりぐらいしてみる？

留香はうつむいて唇の両端を持ち上げる練習をしてみました。

マリアとヨセフが退場すると、入れ違いに三人の博士たちが登場しました。三人それぞれ赤と青と黄色の床屋の散髪マントのようなビニールクロスにくるまり、ボール紙に銀紙を貼り付けた筒状の帽子をかぶっています。

青の博士は、留香と同じクラスの岡島慎之介《おかじましんのすけ》くんでした。少年野球チームのエースで人気者の岡島くんと同じ教会に通ってるなんて、ひなちゃんいいな、と留香は羨《うらや》みました。席替えでも岡島くんの隣になれたし、これはバレンタインにチョコあげる流れだな……

「あの星を見てみなさい。不思議に輝く大きな星」と、岡島くんが天井を指差して言いました。学校ではふざけてばかりいるのに、珍しく照れ臭そうな顔をしています。

「きっと、何か重大なことが起こるしるしに違いない！」黄色の博士は胸を張って選手宣誓《せんせい》のような口調で言いました。

「わたしたちが待ち望んでいた救い主がお生まれになるしるしだ」瞼《まぶた》にずり下がってきた帽

子を手で押さえながら、赤の博士が言いました。

「この暗い世にも夜明けが近づいている！」

黄色の博士が大声でがなりました。

「さあ、行きましょう！」赤の博士がマントの中の右手をバサッと動かした拍子に、帽子が落ちて、いがぐり頭が丸見えになりました。

帽子を拾って歩き出そうとした赤の博士が岡島くんの顔を見ました。

「おれ？」岡島くんが自分の顔を指差しました。

「岡ちゃんの台詞だよ」赤の博士が小声で言いました。

「えっ、おれじゃねぇよ、おまえだろ？」

礼拝堂は笑いに包まれました。

いちばん前の席に座っていた牧師の奥さんが、台詞が書いてあるスケッチブックを岡島くんの足元で開きました。

「見えねぇし」岡島くんが言いました。

また、どっと笑いが起こり、笑われている岡島くんもつられて笑いました。

牧師の奥さんは、スケッチブックを岡島くんの目の高さまで持ち上げました。

岡島くんはふてくされたような棒読みで言いました。

「あの星を目印にして、遠い砂漠の旅に出よう」

牧師の奥さんが右手を挙げて合図をすると、最前列で出番を待っていた幼稚園児たちが起立し、舞台に上がりました。

羊飼い役の女の子二人は三角巾《さんかくきん》とエプロンを身に付けているだけで、まるで家庭科の調理実習みたいな格好でした。

ぜんぜん羊飼いっぽくない、でも本物の羊飼いがどんな格好をしてるか知らないし、知りたくもない。留香は欠伸《あくび》が出そうになって、握り拳《こぶし》で口元を押さえました。手の平で口を押さえるとあくびを隠してるんだなってバレバレだけど、グウだったらバレないんだな、これが。握り拳の陰で欠伸をすると、羊飼いと羊たちの円の真ん中にある薪《たきぎ》の赤い炎が滲《にじ》んで見えました。赤い画用紙と毛糸で作ってあるけど、赤いセロファンの方がぜったい火っぽく見えるよね、と留香は親指の付け根で涙をそっと拭いました。

羊飼いたちは焚き火に手をかざしながら言いました。

「静かな夜だなぁ」

「星がきれいだねぇ」

白いサテンの布を体に巻き付けた天使役の二人の女の子が、羊飼いたちの真後ろに立ちました。

羊飼いたちは目配せし合い、いち、にぃと顎《あご》で拍子を取って、二人同時に叫びました。

「わぁぁぁぁ！」

天使役の女の子が右耳が塞《ふさ》がるほど真っ直ぐ右手を挙げました。

「怖がることはありません。今夜、救い主がお生まれになりました」

「ひとりの男の赤ちゃんが馬小屋の飼い葉桶《おけ》の中で眠っています」

「天には神の栄光があるように！」

「地には平和があるように！」

二階からパイプオルガンの前奏が鳴り響き、礼拝堂に集《つど》ったひとびとが立ち上がりました。

荒野《あらの》の果てに
夕日は落ちて
妙《たえ》なる調べ
天《あめ》より響く
グロリヤ　イン　エクセルシス　デオ

有名な讃美歌だったので、留香は声をできるだけ張り上げて歌いました。音大声楽科出身の黒谷《くろたに》先生が「荒城の月」を歌うみたいに口を大きく開けて——。

羊を守る

野辺《のべ》の牧人《まきびと》
天《あめ》なる歌を
喜び聞きぬ
グロリヤ　イン　エクセルシス　デオ

みんなが歌っているあいだに、白布をかけた台が舞台の真ん中に設置されました。台の上には木箱があり、布にくるんだ赤ちゃんの人形が寝かされていました。

マリアとヨセフが赤ちゃんを覗《のぞ》き込んで言いました。

「なんという場所で、この子は生まれたのだ」

「この子はこの世の中でいちばん暗く、いちばん貧しく、いちばん淋しいところで生まれたのですね」

登場人物全員が舞台に上がって飼い葉桶を取り囲むと、再びパイプオルガンが高らかに鳴り響き、舞台と客席にいる全員で「きよしこの夜」を歌いました。

「終わった。わたし、牧師さんにあいさつしてくる」と、かすみが席を立ちました。

一人で座席に取り残された留香は、急に人目を引いているような場違いな感じに襲われました。

お姉ちゃんはミッションスクールに入学して、不登校になるまでは毎週日曜日にこの教会に通っていたけど、わたしはイースターとかクリスマスとか特別な日にお姉ちゃんのおまけみたいにくっついてきただけだからな……

留香は首を伸ばして説教台のある右の方を眺めました。

ひなちゃん、岡島くんとおしゃべりしてる……

あ、目が合った。

ひなちゃんがこっちに来る……

「どうしたの？」

ひなちゃんの顔はマリア役を演じ終えた興奮で晴れやかに輝いていました。

「お姉ちゃんと……」留香は、三つ編みを引っ張って髪の先を刷毛《はけ》みたいにして唇の下を行ったり来たりさせました。

「るかちゃんのお姉さん、クリスチャンなの？」

ひなちゃんの顔からは薔薇《ばら》の匂いがしました。

「そう、かな？」

留香は薔薇の匂いを吸い込みました。

クリスマスだから特別にお母さんから香水を貸してもらったのかもしれない。

「うちのママもこないだセンレイを受けたんだよ」ひなちゃんが得意気に言いました。

「ひなぁ！　みんなで記念写真撮るから、おいでぇ！」

向こうでひなちゃんのお母さんが呼んでいます。

ひなちゃんがバイバイと小さく手を振ったので、留香も小さく手を振り返しました。

わたしたち、仲直りできたかも――、留香の体に染み込んだパイプオルガンの音色が、キセキという言葉を響かせました。

「あのぉ、すみません」すぐ後ろで声がしました。

振り返った途端に、男のひとと目が合いました。

「あのぉ、夏休みにひかり公園で会った佐藤光《さとうひかる》という者ですが……」

え？　ひかり公園？　さとうひかる？

留香は、男の顔から目を逸らし、説教台の前に飾られたポインセチアの赤い葉を眺めながら記憶を辿《たど》りましたが、心当たりが見つかりません。

「あのぉ、ええっと……きみがひかり公園で女の子二人にイジメられていて、原田《はらだ》正樹《まさき》くんもいて、ぼくが止めて……」

「あぁ……」と、留香は祭壇の前で記念撮影をしているひなちゃんの方を見ました。

だいじょうぶ、聞こえてない……聞こえたらマズイ……せっかく仲直りしたのに……ひなちゃん、このひとの顔おぼえてなければいいけど……

「あの、原田正樹くんは元気ですか？」

でも、このひと、なんで正樹くんのフルネームを知ってるんだろう？　親戚かな？　もしかしたら、正樹くんのお父さんだったりして――。

留香の口の中が緊張で苦くなりました。

「転校しました」

「え？」

「昨日、クリスマスカードが届きました」

郵便ポストに正樹くんからのクリスマスカードが入っていたのです。開くと「サンタが街にやってくる」のメロディーが流れるカードで、書いてあったのは「メリークリスマス」と「元気ですか？　ぼくは新しい学校で、元気にやっています」という言葉だけでした。

「あの、いつ、転校したんですか？」

留香は、真っ赤になって「あの」ばかり連発しているひかるを少し見下すような気持ちになっていました。

「二学期の始業式にはいなかったから、夏休みだと思います」

「どこに引っ越したんですか？」

留香は口を一度強く閉じてから言いました。

「遠く、です」

知らないひとに住所や電話番号を教えちゃいけないのは、ジョウシキですから……

「遠くかぁ……」

悲しそうな顔してるから、ほんとうに正樹くんのお父さんなのかもしれない。

「るかぁ！」

呼ばれた方に留香が顔を向けると、かすみと牧師さんとカモメ動物病院の港《みなと》先生が肩を並べて笑っているではありませんか——。

「るか、牧師さんと港先生、お友だちなんだって」かすみが愉快そうに言いました。

「友だちというよりは、ご近所づきあいですな」

「いや、ご近所づきあいというよりは、友だちでしょう」

二人は目をちらりと見交わして、ブホブホッと咳き込むように笑いました。

留香は、白衣を着ていない港先生を見るのは初めてでした。港先生はキャラメル色の重そうなセーターにブルージーンズ、牧師さんはガウンみたいな黒い服の上に白い膝《ひざ》まであるゆったりとした上着を着ていて、服装はぜんぜん違う。でも、この二人、そっくりだ。兄弟みたいによく似てる。こんなに似てるのに、なんで今まで似てるって気づかなかったんだろう
……

「おっ、みなさんお揃《そろ》いで」港先生が目をみはりました。

留香の後ろに立っていたひかるが港先生に会釈《えしやく》をし、その半歩後ろに立っていた見知らぬ男のひとも会釈をしました。

「佐藤さんちのアルミくんは元気？」港先生が訊ねました。

「元気です」ひかるは授業中突然指《さ》された小学生のような声で言いました。

「今井《いまい》さんちのゲンゴロウは？」

「元気です」その男のひとはなんだか浮かない顔をしていました。

「いやぁ、これは何かの引き合わせかもしれない。説明して進ぜよう。あのですな、お嬢さま方が飼っているスワン姫と、佐藤さんちのアルミくんと、今井さんちのゲンゴロウはですな、同じ時期にひかり公園に捨てられていたということなんですな。三びきとも毛が長くて、よく似ているから、同じ母親から生まれたきょうだいとみて間違いない」と、港先生は真っ白なヤギみたいな髭《ひげ》をひねりました。

「偶然というものに無関心でいてはいけませんな」牧師が腰の辺りに手を組み合わせて厳《おごそ》かに言いました。

「アーメン」と港先生が同意すると、牧師さんがブホホッと笑いました。

「今井さんの奥さんはゲンゴロウとふたりでお留守番？」

「先生……妻は七日前に旅立ちました」

「どこへ？」

「……死んだんです」

「えぇ……ついこの前、ゲンゴロウの三度目の予防接種を受けにいらしたでしょ……」

「癌《がん》だったんです。見つかった時はもう末期で、手の施《ほどこ》しようがなかったんです」

「…………」

「あ、すみません、クリスマスの日に……」と、頭を下げた男の周りで、子羊たちがきゃっきゃっと笑いながら追い掛けっこをしています。

礼拝堂にはクリスマスの華《はな》やいだ時間が流れていました。

「一つだけ訊いてもいいですか？」と、その男は言いました。

「はい」港先生が答えました。

「いや、先生じゃなくて、牧師さんに」男は牧師さんの顔を真っ直ぐ見て質問をしました。

「ぼくは、今日、この教会に来ようと思って来たわけじゃないんです。歩いていたら、表の掲示板の言葉が目に入って、ちょうど二時からページェントが始まるというので、どなたでもご自由にと書いてあったから……」

男の言葉は息切れでもしたかのように途切れて、たっぷり一分が過ぎました。

「神にできないことは何一つない、という言葉はどういう意味なんでしょうか……」男の声は重さを増していました。

牧師さんは、礼拝堂の上の方、ステンドグラスが嵌《は》まっている天窓の辺りを見上げて、しばらく黙ってから言いました。

「神は、わたしたちの目には見えない形で、わたしたちが本来の道に戻る助けをしてくださっています。生きていると苦難に出遭《であ》うことはあると思います。途方に暮れるほどの悲しみ、心が怒りで煮えたぎるほどの不公平に出遭うこともあります。こんな非道《ひど》いことが起きるのだから、神なんていない、と思うこともあるでしょう。でも、神はわたしたちのために目に見える形では動かれないのです。神は、ただ苦難に堪え、苦難と闘う力を貸してくださるのではなく、苦難そのものを祝福してくださるのです」

男の腕は両脇にじっと垂れたままでした。

白いレースのエプロンをしめた牧師さんの奥さんが歌うような調子で言いました。

「隣の部屋にケーキとお茶の用意ができましたので、みなさんどうぞぉ」

男は一礼をして礼拝堂から去って行きました。

ゲンゴロウは、彼女のルームシューズの上に座って、待っていました。

おそらく、ぼくではなく、彼女を——。

このムートンのルームシューズは、「冬になるたびに安物のスリッパを買って使い捨てるより、何年も使えるいい物を買いたい」と彼女が選んだのです。

初めて履いた時の、「くるぶしまですっぽり包まれる感じであったかい。ムートンのお手入れ方法調べなきゃ」という彼女の弾んだ声が聞こえるような気がしました。

リビングはもう薄闇に沈んでいました。

キッチンは対面式で、ダイニングとリビングがひと続きになっている二十畳の広い部屋です。

彼女が好きだったモカコーヒーの香りもしなければ、よく晩ごはんに拵《こしら》えてくれた肉じゃがの匂いもしない。

この部屋は寒い。

外よりずっと寒い。

「ごめんな、今、暖かくしてやるからな」

電気とストーブをつけて、ゲンゴロウのボウルにドライフードを入れてやりました。

ソファに座って真四角な窓と向き合いました。

一時間前に教会でクリスマスページェントを見たことが、何日も前の出来事のように感じられます。

なんで、あんな話をしたんだろう……

そもそもなんでページェントなんて見たんだろう……

あの言葉だ。

神にできないことは何一つない。

ぼくは神を知らない。

でも、いったい、あの教会に集《つど》っていたひとたちは、神を知っているんだろうか……

ゲンゴロウがドライフードをひと粒ひと粒嚙《か》み砕くカリカリという音を聞いているうちに、だんだんと耳が澄んできて、マンションの下の幹線道路を行《ゆ》き交《か》う車のタイヤの音がやけにはっきりと聞こえます。

雨?

雨が降ってるみたいな車の音だ。

雨……

あれは雨の日でした。

彼女は、一時間近く窓辺から離れませんでした。

最初のうちはゲンゴロウを撫《な》でているらしく右肩が僅《わず》かに上下していたのですが、やがて動かなくなりました。

雨の音が一段と強まりました。

心配になって椅子から立ち上がった瞬間、「まだ死んでないよ」という彼女の声が跳《は》ね返ってきました。

「いや、そういう意味じゃなくて……」ぼくは口籠《くちごも》りました。

彼女の右手がまた動きはじめました。

立っていたので、彼女の膝の上のゲンゴロウがよく見えました。

ゲンゴロウは彼女の胸に頭を擦り付け、ゴロゴロと喉を鳴らしていました。

「ゲンちゃん」彼女は掠《かす》れた声で囁きました。

いっしょになって十年にもなると、お互い名前で呼ぶことはなくなりましたが、彼女もぼくもねこの名前だけは一日に百回以上呼んでいました。

ゲンゴロウというのは、ぼくが付けた名前です。

真っ黒だから、ゲンゴロウ。

茶白の子ねこは彼女がラテと名付けましたが、保健所から引き取った四日後に死んでしまいました。

毎月第二土曜日に保健所の駐車場で開催される「子ねこのふれあい広場」のポスターを見つけたのは、ぼくではなく彼女でした。

「来週の土曜日に保健所に行って、ねこを引き取ろう」

ぼくらはそれまで、ねこを飼おうと話し合ったことはなかったし、そもそも彼女の口から「ねこ」という単語が出てきたことはなかったのです。だから、ぼくは驚きました。と同時に、ねこを飼うことは決定事項で、何を言っても覆《くつがえ》ることはないのだなと思いました。

でも、このマンションはペット飼育禁止です。そのことは言っておかなければいけないと思い、言い出すタイミングを窺《うかが》っていました。

「ねこは散歩をさせる必要はないし、いぬみたいに部屋の中をドタドタ歩き回ったり、ワン

ワン吠えたりしないから、大家《おおや》さんには絶対にバレない」

ぼくの考えを見透かしたように彼女が言いました。


七月頭の暑い日でした。

彼女はつばの広い麦藁《むぎわら》帽子をかぶって顔だけ日陰にしていました。

真っ黒な子ねこと茶白の子ねこは同じ檻《おり》の中に丸まっていました。

彼女が腰を屈《かが》めて顔を近づけると、フーッと黒い方が唸《うな》って、たぬきのように太くしたしっぽを前へ後ろへと動かしました。

「黒が茶色を守ってるんだ。茶色はかなり弱ってるね。見て、全身ぶるぶる震えてる」

保健所の男性職員が控《ひか》え目に近づいてきて、後ろ手を崩さないで言いました。

「この二ひきは、おそらくきょうだいですね。段ボールに入れられて捨てられていたんですよ、ひかり公園に」

「あぁ、あそこはノラねこ多いですよね」と言って、ぼくは二ひきの子ねこを見比べました。

黒のしっぽは真っ直ぐで、茶白のしっぽはフックみたいに曲がっている。黒の目は緑色で、茶白は怪我《けが》をしているのか風邪をひいているのか、目脂《めやに》と鼻水でぐしゃぐしゃで両目とも塞《ふさ》がっている、もらうんだったら、黒の方だな、と――。

「ここにいるねこたち、募集期限を過ぎると殺処分になるって、ほんとうですか？」

初対面のひとには口をききたがらない彼女が、珍しく強い口調で訊ねました。

「はい。規則ですからね。でも、動物を殺したいと思っている職員は一人もいませんよ」

職員は後ろ手を崩して気を付けの姿勢になりました。

「規則……」

ぼくは汗をかいていました。ポケットからハンカチを出して、額と首筋の汗を拭《ぬぐ》いました。猛暑で動けなくなった白くまのように見える真っ白な雲が、青空の真ん中でうずくまっていました。

ねこたちを捕らえている鉄格子の影の上に彼女は立っていました。

炎天下だというのに、寒そうに両腕をかかえていた彼女の顔は透けるように青白く、熱中症か貧血で倒れるのではないかと、ぼくは気が気ではありませんでした。

「保健所に連れてこられた動物たちにとって、命を繋《つな》ぐ最後のチャンスが、この譲渡会なんです」職員は静かに言いました。

「いつ、殺処分になるんですか？」彼女も静かに訊ねました。

「譲渡会で飼い主を見つけられなかった動物たちは三日以内に命を絶たれます」

「三日……」

「次から次へ新しい動物がひとの手によって運び込まれます。収容できる動物の数は限られていますし、動物たちの世話をするわれわれ職員の数も限られています」

蟬《セミ》の声が響く中、彼女は檻の中の子ねこをじっと見詰めていました。

「この二ひき、うちの子にします」彼女は感情の無い声で言いました。

別室でねこの飼い方のビデオを見て、室内飼育と不妊去勢手術の約束をする書類にサインをして、譲渡料としてオス四千二百円、メス七千九百円を支払いました。何故、メスの方が高いんだろう？と不思議でしたが、それよりも、何故、彼女は突然ねこを飼おうなんて言い出したんだろう？　暗い顔をしてるけれど、ほんとうにねこを飼いたいと思っているんだろうか？という疑問で、ぼくの頭は麻痺《まひ》状態に陥《おちい》っていました。おぼろげながら、それはたぶん、ぼくらの夫婦関係の影、つまり子どもに恵まれなかったということに関係するんだろうと察していたから、保健所からの帰り道、ぼくは沈黙の隙を衝《つ》かれないように途切れなくねこの話をしたのだと思います。子どもの代わりに子ねこを育てるのだという話を聞きたくなかったから――。

「ねこのトイレの砂、いろいろ種類があるみたいだけど、どのタイプがいいかな？　大きく分けると、おしっこをすると固まるタイプと、固まらないタイプ。紙、木、おから、シリカゲル、ゼオライト、一つ一つ試して、ねこの反応を見て決めるしかないね」

ぼくは、その一週間で、ねこが居る生活を想像し、ねこを飼うのだということを自分自身に納得させ、仕事帰りにねこに必要な物を買い揃《そろ》えました。彼女は、知らないひとに会うと疲れる、という理由で買物をするのが嫌いだったのです。朝、仕事に出掛ける時にメモを渡され、それを会社の帰りに買って帰る、というのがぼくらの暮らしの決まり事でした。

次の土曜日の朝、ぼくらは保健所から二ひきの子ねこを譲り受け、その足でカモメ動物病院へと向かいました。

まず、ぼくがゲンゴロウをキャリーの中から出して診察台の上にのせました。

ゲンゴロウは大きく口を開けてビャービャー鳴いていました。

港先生が触診、聴診、検温をしているあいだに、ぼくはねこを飼うことになった経緯をかいつまんで話しました。

「うん……うん……」港先生は、ぼくの話にうなずいているのか、ゲンゴロウの心拍にうなずいているのかよくわかりませんでした。

「おなかの虫が悪さして下痢《げり》をしてるみたいだから、この子には虫下しのドロンタールというお薬を処方して進ぜよう。お父さん、お母さん、とくとご覧あれ！」

港先生は、ナイフで半分にした錠剤を右手で摘むと、左手でゲンゴロウの首根っこを押さえ、ゲンゴロウがビャーと鳴いた隙に素早く錠剤を口の中に入れました。そして、上顎《うわあご》と下顎を両手で押さえると、鼻先にフッと息を吹き掛け、奇術師がシルクハットの中から鳩を飛び立たせるように手を離しました。

「アブラカダブラ！　この方法でどうしてもうまくいかないようだったら、缶詰タイプの餌の上にのせて食べさせてください。はい、お次ぃ」

診察台の上にキャリーを置くと、ゲンゴロウはへっぴり腰でキャリーの中に逃げ込みました。

彼女はキャリーの蓋《ふた》を開け、タオルにくるんだままラテを診察台の上にのせました。

「うーん……」ラテをひと目見た途端、港先生の顔が曇りました。

「やっぱり……難しいですか？」ぼくは訊ねました。

「かなり弱っています。やれるだけのことはやってみますから、このまま入院させてください。この子の名前は？」

彼女がぼくの顔を見ました。ぼくが言え、ということです。彼女はどんな時でも頑《かたく》なに引っ込み思案《じあん》を貫いていました。

「ラテ。カフェラテみたいな色だから」ぼくが彼女の代わりに説明しました。

それが、ぼくが「ラテ」の名を口にした最初で最後となりました。


四日後の朝のことでした。

ぼくは彼女が作ってくれたパンケーキとミネストローネスープを食べましたが、彼女は何も口にしませんでした。

コーヒーメーカーがゴポゴポと音を立ててモカコーヒーを抽出《ちゆうしゆつ》しているあいだ、彼女はソ

ファに座って、自分の肘《ひじ》を抱くようにして餌を食べるゲンゴロウの様子を黙って眺めていました。

「じゃあ、行ってくる」

ぼくは彼女の買物リストを背広の内ポケットにしまい、彼女が磨いておいてくれた黒い革靴に靴べらを入れました。

その時、電話が鳴ったのです。

彼女は、基本的に電話には出ません。

ぼくはリビングに引き返し、ソファの彼女の前を通り過ぎて受話器を取りました。

もしもし、という港先生の声を聞いた瞬間、ラテが死んだのだなと思いました。

彼女は息を詰めて電話のやりとりを聞いていました。

受話器を戻すと、「いいよ、会社に行って」と彼女は言いました。

「いや、駄目元で、妻が急病で病院に付き添わないといけないから休ませてほしいと電話してみるよ。丸一日休むのは無理でも、午後から出勤ということで許可してもらえるかもしれないから」

「だいじょうぶ、わたしがラテを迎えに行く。火葬や埋葬のことは、港先生に教えてもらうから、だいじょうぶ」

食事を終えたゲンゴロウが彼女の背中に爪を立て、這《は》い上がって肩まで登り、髪にじゃれつきました。

「でも……」

「いいから」少し苛立ちが混じったような声でした。

「ごめん。じゃあ、任せる」

ぼくは彼女を残して、仕事に出掛けました。

帰宅すると、彼女は子ねこを弔《とむら》ったことをぽつぽつと話してくれました。

港先生がバースデーケーキを入れるみたいな白い紙の箱にラテをバスタオルでくるんで寝かせてくれていたの……港先生と二人でお庭に生えている白い花、ヒメジョオンとかカモミールとかクローバを摘《つ》んでラテを飾ってあげたの……火葬場でラテを焼いているあいだ、待合室に次の順番を待つおじいさんがやってきたの……おじいさんは、毛布にくるんだ大きな茶虎のねこを抱いていたの……十六歳なんです、一歳の時に交通事故で後ろ足を一本失って、ぴょこぴょこ跳ねるようにしか歩けなかったんですよ、って赤ちゃんみたいに抱っこして頭を撫でてあげていたの……ラテはまだ、ほんの小さな子ねこで骨がやわらかかったから、ほとんど焼けてしまってあんまり残らなかったの……でも、焼き場のおじさんと二人で、足の方から順に骨を拾って骨壺に入れて、最後に第二頸椎《けいつい》をのせて……ペット霊園の合同墓地に埋葬したの……

ラテの死から一ヶ月が過ぎた八月半ばの日曜日のことでした。

食事をまともにとれない状態がつづいて、全身がだるくて起き上がれないと言うので、救急外来で彼女を病院に連れて行きました。そのまま入院し、血液、レントゲン、心臓超音波、CTスキャンなどの精密検査を受けることになりました。

彼女は肺がんの末期でした。骨、肝臓、脳にまで転移していて、余命は長くて三ヶ月ぐらいではないかと告知されました。

振り返ってみると、春先ぐらいから「咳が止まらない」「なんだか息苦しい」「背中と腰がすごく痛い」「めまいと吐き気がひどい」などの症状を訴えていたのですが、彼女には花粉症と喘息《ぜんそく》という持病があったので、まさか癌だとは思わなかったのです。

彼女には嘘をつかずに全てを話しました。

治療はせずに、モルヒネなどでできるだけ苦痛を和らげてもらおうということになりました。

「会社、休職するよ。休職を認めてもらえないんだったら、退職する」

幸い、ぼくたち夫婦にはそれなりの蓄《たくわ》えがありました。子どもが生まれた時のための定期預金を毎月積み立てていたのです。

「わたしは、最後まで、この部屋で、あなたの食事を作ったり、掃除をしたり、ソファでゲンゴロウとお昼寝したりして暮らしたい。あなたにも、今まで通り仕事をつづけてほしい」

そう彼女が言ったのは、病院から戻った朝のことでした。

窓から入る朝陽がほこりの流れを照らし出し、彼女は窓を勢い良く開け放ちました。

彼女が掃除機をかけるあいだ、ゲンゴロウは窓の桟《さん》に座り、網戸越しに時折カラスや鳩が飛ぶ青空を眺めていました。


九月の終わりのことでした。

ゲンゴロウの三度目の予防接種を終えて帰宅すると、彼女は窓際の壁に付けていたソファの位置を移動してほしいと言いました。

いつでも窓の外が見えるように、窓と向かい合う場所にソファを置いてほしい、と。

ぼくは彼女に場所を確認しながら、ソファを押したり引っ張ったりしました。

彼女がソファに座ると、ゲンゴロウはすぐに彼女の膝に跳び乗りました。

「カモメ動物病院の待合室にいぬとねこの年齢表があったじゃない？　ゲンちゃんは生後三ヶ月だから、人間の年齢だと五歳なんだって。一年で十七歳、三年で二十八歳、七年で四十四歳、十五年で七十六歳、二十年で九十六歳……いちばん最初に港先生のところに連れて行った時は、ゲンゴロウがどんなに長生きしたとしても、わたしよりも先に死ぬんだと思ったの。ねこの一生って短いなって……でも、わたしの方が先に死ぬんだよね。それが、腑《ふ》に落《お》ちないの。来年のカレンダーの日付は、全部わたしの死後の時間だってことが、信じられない……

わたしって衝動買いしないでしょ？　どんなに気に入っても、その日は帰る。どうしても必要かどうか考えてみて、他の店に似た物があったら比べてみて、それでも欲しかったら、買う。うちにある物は全部そうやって一つ一つ集めて、大事にお手入れして長年使ってきた物でしょ？　一生物《いっしょうもの》だからとちょっと無理して買ったカシミアのコート、切子細工《きりこざいく》のワイングラス、欅《けやき》の一枚板のテーブル、アンティークの猫脚の本棚、北欧の革張り椅子……でも、そうじゃない消耗品《しょうもうひん》も、お醬油《しょうゆ》とかお味噌《みそ》とかお米とかサランラップとかも、今ある分を使い切らないうちに死ぬかもしれないなんて……」

彼女は膝の上で寝息を立てはじめたゲンゴロウの真っ黒な毛を撫でながら言いました。

「あなたはわたしより五歳も若いから、きっと誰かを好きになって、結婚しようって話になるかもしれない。そういう話になりそうだったら、この部屋の物は全部処分してほしいの。売ってもいいし、あげてもいいし、捨ててもいい。もし、できたら、この部屋も引き払ってほしい。問題は、ゲンゴロウ。この子はよそにやるわけにはいかないし、生涯あなたに飼ってほしいの。でも、別の誰かがゲンゴロウとかゲンちゃんとか呼びながら、ゲンゴロウを撫でたりするなんて、あり得ない。だから、今のうちから、次の名前を考えておこうと思うの。この子、真っ黒だから、コゲ、じゃかわいそうか……スミ……ホクロ、ゴマ……う～んと、チョコ、ココア……もう、シンプルにクロって名前もありかもしれない……」

彼女の話を聞いて、何か話したとは思うのですが、ぼくの言葉は記憶から跡形《あとかた》もなく消え失せています。

記憶の中の彼女は、いつも一方的にしゃべっていて、ぼくは黙ってただ聞いているのです。

十一月頭の日曜日の夕方のことでした。

彼女が夜通し痛がり、モルヒネも睡眠薬も効かなかったので、一睡もできませんでした。ようやく昼過ぎにうつらうつらしてくれたので、ぼくは彼女の隣で仮眠をとりました。

目を覚ますと、彼女が隣に居ませんでした。

どこかに倒れているのかもしれない、と慌てて飛び起きると、彼女とゲンゴロウはソファで眠っていました。

ぼくの気配でゲンゴロウが目を覚ましました。

ゲンゴロウはソファからトンと跳び降りると、背中を丸めて四本の足を代わる代わるに伸ばしました。

ぼくはテーブルの真ん中に焼菓子の箱が置いてあることに気づきました。

蓋を開けると、細かい仕切りを利用してボタンが種類別に整理してありました。二つ穴の貝ボタン、四つ穴の貝ボタン、木製ボタン、脚付きのくるみボタン、真鍮《しんちゅう》や鉄のボタン、水牛の角ボタン、革ボタン、大小色とりどりのプラスチックボタン――。

ソファで仰向けになっている彼女が声を出しました。

「それね、洋服を買うと布とボタンが入ってる小袋が付いてくるでしょ？　あれ。布は、穴が空いたり切れたりした時に継当《つぎあ》てをするためのものなんだろうけど、今まで一度も使ったことがないから捨てた。でも、ボタンはたまに飛ぶじゃない？　袋に入ったままだとわからないだろうから、整理しておいた。わたし、明日、入院するから」

「え、どうして？　この家で最後まで過ごしたいって言ったじゃない」

「でも、もう無理だと思う。痛みが日増しに強くなっているし、近い将来、介助なしでは食事やトイレができなくなると思うの。それに、癌が脳に転移してるでしょ？　突然、意味不明なことを言い出したり、ひとによっては、目が見えなくなる場合もあるらしい。あなた一人では無理だよ」

彼女は顔を横に倒し、窓を見ていました。

風が強い日で、外では黄色い葉が舞っていました。

彼女はソファの上で体を起こし、ゆっくりと立ち上がりました。

窓辺に立つと、小学校の校庭が見えるのです。

風が、校庭にある銀杏《いちょう》の葉を振るい落とし舞い上げていました。

「音楽室からリコーダーの『荒城の月』が流れてきたのは、夏だったよね？」

「二学期が始まった頃だったんじゃないかな。夏休みは学校が休みだし」

「ちょっと外を歩こうかな」

「じゃあ、車を駐車場からマンションの前に回すから、待ってて」

「ゲンゴロウが捨てられていたひかり公園に行きたい」


ぼくらはひかり公園の門をくぐりました。

彼女は自分の歩みに揺られているような危《あや》うげな足取りでしたが、ぼくは手を貸しませんでした。

彼女のキャラメル色のショートブーツの紐《ひも》を結んだのは、ぼくです。

彼女の手にはもう靴紐を結ぶ力は無かったのです。

ぼくは彼女が歩む速度に合わせて歩み、彼女が立ち止まったら立ち止まって、そこから見える景色をいっしょに眺めました。

夕暮れ時でした。

秋の空気は深く澄んでいました。

公園にも大きな銀杏の木がありましたが、もうほとんど裸になっていました。

その代わり、地面に黄色い葉が絨毯《じゅうたん》のように敷き詰められていました。

「見て。木の上に残ってる葉は白っぽくて、下から見るとちょっと透き通ってるくらいだけど、下に落ちた葉は紋黄蝶《もんきちょう》の羽根みたいな濃い黄色だ。これが茶色くなって縮れて、枯れ葉になるんだね」

彼女は小さな子どものように「見て」を連発しました。

「見て。これみんな桜の木だよ。ここは春、お花見の時にしか来たことなかったけど、桜の紅葉《こうよう》がこんなにきれいだなんて知らなかった。一枚の葉の中に赤、オレンジ、茶色、黄色……一枚として同じ色の葉がないなんて、すごいね」

「見て。セグロセキレイだ。いつでも飛べるのに飛ばないで歩いてるんだよ。見て、すごい早足」

彼女が指差す方を見ると、頭と背中と尾が黒く腹が白い鳥がジャングルジムと滑り台のあいだを、尾羽を上下させせながら歩いています。

ぼくらが近づくと、ジュジュジュジュと濁った鳴き声を上げてジャングルジムの天辺《てっぺん》に避難しました。

ぼくらは児童公園と運動場のあいだの斜面にある小道を歩きました。

「見て。南天。この公園の紅一点じゃない？　南天は冬の主役だよね。クリスマスリースにもお正月飾りにも合うから」

ぼくらは足を止めて、南天の赤を心行くまで眺めました。

「見て。松葉も落ちるんだね。わたし、知らなかった。松は常緑樹ってイメージがあるから」

ぼくらの足元には松葉だけではなく、紅葉《もみじ》や楓《かえで》や櫟《くぬぎ》や桜や銀杏の木の葉が折り重なっていました。

ひと足ごとにかさかさと木の葉の崩れる音がするのを、彼女は楽しんでいる様子でした。

「でも良かった。桜が満開の時期とか、新緑の時期じゃなくて。そういう時期に死ぬと、風景に見送られているような気持ちになると思うの。わたしだけこの世から引き抜かれるみたいで淋しいでしょ。今は紅葉もほとんど終わってるし、こういう季節で良かった。風景を見送る気持ちになれる」

ぼくらは木立のあいだを抜けて、遊具がある広場に戻りました。

ベンチにおじいさんが座っていました。足元に何びきかねこがいます。近づくと、ラジオの音がしました。ベンチにはトランジスタラジオが置いてあり、おじいさんは右手に煮干の袋を持っていました。どうやら、ラジオを聞きながら、ノラねこに煮干をやっているようでした。

「こんにちは」

声が届く場所まで近づくと、ねこたちは散り散りになり、ベンチの下やつつじの植え込みに隠れてしまいました。

「こんにちは」おじいさんは毛糸の帽子とマフラーでほとんど顔を隠していました。

すると、ひかり公園のあちこちに設置してあるスピーカーから「夕焼け小焼け」が流れました。

「防災無線の試験放送です。夏季の四月から九月までは五時なんですけど、冬季の十月から三月までは四時半なんです。日没に合わせてるみたいだね」と、おじいさんは無愛想な声で言いました。

「夕焼け小焼け」が鳴りやんで、ぼくたちは歩き出しました。

「見て。ブーメラン」

見上げると、桜の木の枝に青いブーメランが引っ掛かっていました。

「遊んでた男の子、悲しかっただろうね」

彼女は公園をもう一周しようとしているようでした。

一周して再びベンチのところに戻ると、さっきのおじいさんが小石や木切れを拾って、ブーメランめがけて投げつけていました。彼女の「見て」という声を聞いていたのです。

「落ちませんかね?」と、人見知りの彼女がおじいさんに声を掛けたので、ぼくは驚きました。

「あれは無理だよ。木登りして取ってこないと。でも、枝の先っぽだから、危ないな」と、おじいさんは照れ臭そうに右手に握っていた小石を落とし、ズボンの脇で手をはたきました。

「うちのねこは、この公園出身なんです。ここに段ボールに入れられて捨てられていて、保健所に持ち込まれたんです」

と彼女が言うと、おじいさんは急に打ち解《と》けた表情になりました。

「わたしも十三歳の年寄りねこを二ひき飼っています」

「お名前は？」

「カン太とチン平」

「二ひきとも男の子ですか？」

「ええ」

「うちのも男の子なんです」

「なんて名前？」

「ゲンゴロウ」

「ゲンゴロウ？」おじいさんは笑いました。

「真っ黒だから、ゲンゴロウ」彼女は誇らしげに胸を張って笑いました。

太陽が音もなく落ちて、辺りは暗くなりました。

街灯の白い光が寒々と広がり、瞼に外気の冷たさを感じました。

「帰ろうか。ゲンゴロウが待ってる」

「うん」と彼女はうなずきました。

後ろに束ねた長い髪が重そうに見えるほど首が細くなっていました。

公園の出口に向かって歩き出すと、木枯《こが》らしがビュウッと吹き抜け、彼女は立ち止まりました。

風は、彼女の赤チェックのネルシャツの襟に吹き込み、彼女のブーツの周りに銀杏の葉を吹き寄せました。

ちょうど街灯の下でした。

青白く沈んだ彼女の顔は痛みで強張《こわば》っていました。

げっそりと削《そ》げた両頬は頬骨を、薄くなった瞼は眼球の丸みを浮き上がらせていました。

「わたしが死んでも、誰にも知らせないでね。後でいろいろ言われるだろうけど、お父さんやお母さんや親戚にも言わないで。お葬式はやらなくていいから。わたしの顔写真が黒い額《がく》縁《ぶち》に入れられて、弔問客《ちようもんきやく》が写真の前でお焼香《しようこう》をしたり涙を流したり手を合わせたりするなんて、まっぴらごめん。病院で息を引き取ったら、そのまま焼き場に運んで骨にして」

ぼくは黙って自分の手を彼女に渡しました。

彼女の手は、信じられないぐらい軽く冷たく骨張っていました。

ぼくは、子どもの頃に飼っていた文鳥が死んで鳥籠の中から取り出した時のことを思い出し、彼女がこのまま死に吸い寄せられる気がして、彼女の手をぎゅっと握りました。

「公園を散歩しただけなのに、なんだか旅行をしたみたい。来て良かったね」

と、彼女はぼくの手を握り返しました。

病院の新館病棟は満床《まんしょう》でしたが、旧館ならば空きがあるということで、ぼくらは八畳ほどの個室に入ることができました。ぼくは、会社に事情を話して介護休職という扱いにしてもらい、彼女のベッドの横に簡易ベッドを並べて泊まり込むことにしました。カーテンが開いている病室を覗いてみると、人工呼吸器と心電図モニターを付けた患者さんばかりで、旧館最上階の五階は死期が迫っているひとたちのための病棟なのだなと思いました。

問題は、部屋にトイレが付いていないことでした。五階には廊下の突き当たりに男女共用トイレが一つあるだけでした。トイレに行きたい、と彼女が言ったら、階段の踊り場に置いてある折り畳み車椅子を個室に持ってきて、ベッドに横付けして、点滴をスタンドから車椅子に付け替えて、ハンドルを回してベッドの頭を上げて、彼女にベッドの脇に座ってもらって、スリッパを履かせてから、点滴の管に注意しながら脇の下を両手で支えて車椅子に座らせなければならないのです。

主治医や看護師は、部屋にポータブルトイレを置くこともできるし、尿瓶《しびん》や導尿カテーテルやおむつという選択肢もある、とアドバイスしてくれましたが、彼女は最後までトイレで排泄《はいせつ》するということに拘《こだわ》りました。

しかし、日を追うにつれ、トイレに間に合わない回数が増えていきました。

「こんなんじゃ、生きてても仕方ないよね。迷惑ばかり掛けて……」

と、彼女の喉が上下して軋《きし》むような声が出ました。何日か前から声が喉に引っ掛かってうまく出せない、と彼女は訴えていました。

「ぜんぜん迷惑なんかじゃないよ。ぼくが忘年会で酔って帰って、布団の上にゲロを吐いた時も、夜中にシーツとかパジャマとか取り替えてくれたじゃない」

と、ぼくは濡れたパジャマと下着を彼女の脚から抜いてビニール袋に入れ、清潔な衣服を脚に通して引っ張り上げました。

そして、おしっこを吸って重くなった衣服の入ったレジ袋をぶら下げて長い廊下を歩き、トイレの隣にある汚物処理室のシンクにゴム栓をしてお湯を溜めるのです。

汚れ物を洗いながら、癌の進行が早過ぎると思いました。

七月頭には、ゲンゴロウをもらいに保健所の譲渡会に行きました。

九月の終わりには、カモメ動物病院にゲンゴロウの三回目の予防接種に行きました。

十一月頭には、ひかり公園に散歩に行きました。

入院する前日まで掃除や料理をしていたひとが、入院して僅《わず》かひと月でほとんど寝たきりになり、排泄の失敗をするようになるなんて——。

十二月に入ると、喘息の発作のような咳や息苦しさがひどくなり、モルヒネ水を服用するのではなく、点滴でモルヒネを持続投与するようになりました。その頃から彼女の意識のある時間は短くなり、たまに意識が戻っても唇を動かすだけで、はっきりとした声にはなりませんでした。医師や看護師には全く聞き取れないようでしたが、ぼくには聞き取ることができました。それを彼らに伝えると、彼女はふわっと微笑《ほほえ》んで満足げにうなずくのでした。

十二月十七日の夜のことでした。

あの日は、珍しく夕方からずっと意識がありました。

寝仕度《ねじたく》を整えて、「そろそろ消灯の時間だから電気消すよ。読書灯はつけておく？」と彼女に訊ねると、彼女は物言いたげにぼくの顔を見上げました。

口に耳を近づけると、こう言ったのです。

もういい……

「うちに帰りたいの？」

ゲンゴロウ……

「ゲンゴロウに逢《あ》いたいの？」

もういいから……

「もういいってどういう意味？」

呼吸が苦しそうだったので、酸素マスクをそっと口に近づけました。

彼女は「酸素マスクは苦しくて嫌だ」と言い張ったのですが、「口のそばに置いておくだけでも多少違いますよ」と看護師がすすめるので、ぼくは酸素吸入器の使い方を看護師に教わり、彼女が眠っている時に酸素マスクを口に近づけていたのです。

右手が痺《しび》れたので、左手に持ち替えた時、彼女の口が動きました。


もういい……


「どうして？　口から離してるから苦しくないでしょ？」

彼女は目と口を閉じました。

主治医からは、いつ息を引き取ってもおかしくない容態だから、今のうちに会わせたいひとには会わせておいた方がいいと言われましたが、ぼくは誰にも連絡をしませんでした。

翌朝、看護師が検温と酸素濃度を測りにやってきた時まで、ぼくは眠っていました。

慌てて上半身を起こしてベッドを覗き込むと、彼女の目が開いていました。

彼女の口に耳を近づけると、

バニラヨーグルト
と、聞き取ることができました。

ぼくは看護師に付き添いを代わってもらって、ポケットに財布だけを突っ込んで、病院の前にあるコンビニエンスストアに出掛けました。

しかし、いざ買う段になって、バニラヨーグルトというのは、バニラアイスのことなのか、ヨーグルトのことなのか、それともバニラとヨーグルトが混ざり合ったそういう商品があるのか、と迷いに迷って、それらしい食べ物を手当たり次第に買物籠の中に入れました。

病室に戻ると、主治医と看護師がベッドを取り囲み、彼女の瞳をペンライトで照らしているところでした。

心電図モニターを見ると、既に直線になっていました。

その一瞬に深く抉《えぐ》られた心臓が跳ね上がりました。

「神さま！」

自分の声が殴打のように鼓膜を打ち、目が熱くなく、じんじんと刺すような痛みに変わりましたが、泣くことはできませんでした。悲しみよりも悔しさの方が圧倒的に大きかったのです。十年間いっしょに暮らして、最後の一ヶ月は病室に泊まり込んで昼夜を共に過ごしたのに、死に目に会えなかったなんて――。

「心臓の音の停止、呼吸の音の停止を確認しました。併《あわ》せて、瞳孔の拡大と対光の反射の消失を確認しました。これをもちまして、お亡くなりの確認とさせていただきます。お亡くなりの時間は七時二十六分です」と言うと、主治医はぼくに向かって頭を下げ、彼女に向かって手を合わせました。

「穏やかなお顔ですね。眠るように旅立たれたんですね」

「旦那さんとずっといっしょでハネムーンみたいだねってみんなで話していたんですよ。奥さん、幸せだったでしょうね」

と、二人の看護師が彼女のパジャマの襟元と布団を整えました。

ぼくは彼女の希望通りにすることにしました。

彼女の遺体は、病院の霊安室から直接、焼き場の霊安室に運んでもらいました。

ぼく一人で彼女の柩《ひつぎ》が炉の中に入って行くのを見送り、ぼく一人で遺骨を骨壺に納め、白布でくるまれた骨壺を助手席にのせて、ゲンゴロウが待つこの部屋に連れ帰ったのです。

「おい、ゲンゴロウ」

ゲンゴロウは、ニャアと返事をする代わりに、口を大きく開けて欠伸をしました。

欠伸をすると、つんつん突き出た黒い髭が耳の方に釣り上がって唇の端がめくれ上がるのです。

「おまえは唇もゴムパッキンみたいに黒いのな……おいで、ゲン」

ゲンゴロウは片耳だけぼくの方に向けました。

「ほぅら、ゲンちゃん、おいでったら！」

と、ゲンゴロウを抱き上げて、そのままソファに仰向けになりました。

ゲンちゃん、と呻《うめ》いて抱き締めると、最初は逃げ出そうと身を捩《よじ》りましたが、彼女がよくそうしていたみたいに胸の上にのせて両手で背中を撫でてやると、体の力を抜いてグルルルグルルルと喉を鳴らしました。

彼女がよく寝そべっていた革のソファ……

彼女がよく見ていた真四角の窓……

この部屋にある全ての物に、彼女との記憶を吊るす釘《くぎ》が飛び出しています。

思い出すという行為によって、彼女の不在を突き付けられるのです。

ぼくは神さまに彼女のことを話しているのかもしれない。

ぼくは神さまを知らない。

でも、神さまはぼくのことを知っているかもしれない。

今こうやって、ぼくの話を聞いてくれているとしたら、神さまは彼女のこともよく知っているはずだ。

神にできないことは何一つない――。

でも、彼女を失ったぼくは、これからどうやっても、送りたいと思っていた人生を送ることはできない。

ふと、窓の隣の壁のカレンダーに目をやると、十一月のままだということに気づきました。

ぼくはゲンゴロウを胸から降ろし、カレンダーに近づきました。

十一月をめくると、最後の一枚はやはりクリスマスツリーの絵でした。

暖炉の前にあるクリスマスツリーに、家族全員でオーナメントを飾り付けている絵です。

お父さん、お母さん、女の子が二人、男の子が一人、ツリーの下にはねこといぬが一ぴきずつ座っています。

ぼくは二十四日と二十五日のところに、見覚えのある筆跡が残っていることに気づきました。


わたしにはラテがついています。

あなたにはゲンゴロウがついています。

ラテはゲンゴロウについています。

わたしはあなたについています。

いなくなっても、いつもいっしょだよ。

メリークリスマス！

どんぐり広場の水飲み場の隣にあるベンチに田中さんが座っています。

いつものように田中さんの左隣にはトランジスタラジオが置いてありますが、今日は電源スイッチが入っていません。

車両禁止の公園内に軽トラックが三台停まっています。フード付きの作業着にゴム長靴を履いて、マスクと軍手をしたシルバー人材センターの老人たちが、熊手《くまで》や竹箒《たけぼうき》で落葉を集めて米袋に入れたり、刈込鋏《かりこみばさみ》で樹木の剪定《せんてい》をしたりしています。

今年も残り一週間で終わりだから、ひかり公園も年越しの準備に入ったのだな、と田中さんは白い息を吐きました。

この公園からねこたちの姿が消えて、もうじきひと月になります。

ひと月前、田中さんは悩んでいました。毎年、真冬の寒さを乗り越えられず、何びきかのねこが凍死していたのです。田中さんは自宅の物置にストーブを置いてノラねこたちに暖《だん》を取らせることにしましたが、それはそれで気が気ではなかったのです。夜通し火をつけたままでなんらかの原因でストーブが倒れたら火事になるし、かといって神経質な我が家の老ねこたちと同居させるわけにはいかないし、と――。

十二月に入ったばかりの寒い朝の出来事でした。

見知らぬ男が、何かを探すように木立《こだち》や植え込みの中を覗いていました。

見たところ三十代半ば、痩《や》せた背の高い男でした。

「落し物ですか？」田中さんは声を掛けました。

「えぇ、まぁ……」

男性はスルメイカの袋を手にしていました。

「ねこ？」

「……あ、はい」

「逃げた？」

「……いえ、あのぉ……」

男の歯切れが悪いので、田中さんは「ねこ捕り」ではないかと警戒しました。港先生から、里親になるフリをして動物病院や保護団体や保健所からねこを騙《だま》し取って、実験動物取り扱い業者に一ぴきいくらで売ったり、捕獲器を仕掛けてノラねこを捕まえて三味線《しゃみせん》の皮革《ひかく》業者などに卸《おろ》したりする「ねこ捕り」が横行《おうこう》しているというのです。

「あんた、ねこ捕り？」田中さんは単刀直入に訊ねました。

男は、スルメイカの袋を紺のピーコートのポケットに捩《ね》じ込んで言い訳を始めました。

「非常に言いにくい話なんですが……ぼくは、三年前の冬、この公園に子ねこを捨てたんです。まだ臍《へそ》の緒《お》の付いていた赤ちゃんねこでした。うちのマンションで飼っていたチンチラがベランダから転落して何日か行方不明になったんです。そのあいだにどこかのオスねこと交尾《こうび》をしてしまったんですね。子ねこを三びき産んだんです。二ひきはもらい手がついたんですが……大変情けない話で、お恥ずかしい限りなんですが……妻に……離婚したので元妻なんですがね……ひかり公園に捨てて来いと言われて……良心の呵責《かしやく》を感じながらも、夜中、子ねこの入った靴箱を、このベンチに置いて、立ち去ったんです……」

二人は白い息をふうっと長く吐き出して、甲高い声を上げて走って行く、オレンジとコバルトブルーの毛糸の帽子とマフラーをした男の子と女の子の姿を目で追いました。あそこでぐるぐるしようぜ、と男の子が言うと、ぐるぐるして王女さまがあの檻の中に閉じ込められちゃうんだよ、と女の子が言い、二人は回転ジムに跳び乗って、ぐるぐる回りはじめました。

「そのねこが居ないかと思って……」

「何色？」

「生まれたてで、まだハツカネズミみたいに毛が短かかったもんですから、はっきりはわからないんですが、腹に入れ墨みたいな模様があったから、たぶん、キジ虎じゃないかと……」

「たぶん、じゃ探せないよね。そのまま誰にも保護されてなかったら、そのねこは死んでるでしょう。でも、わたしはたまたま、そのねこが拾われるのを見てたんですよ。三年前の真冬、今日みたいに寒い朝でした。渡辺《わたなべ》さんっておばあさんが、ここの公園のねこに餌をやってたんですよ。渡辺さん、ベンチの靴箱を大事そうにかかえて帰りましたよ」

「どこのお宅ですか？」

「もう取り壊されてしまいました」

「亡くなられたんですか？」

「認知症になったんです。お子さんが三人いらっしゃったから、どなたかのお宅で面倒をみられていいるんじゃないでしょうかね」

「ねこもいっしょなんですかね？」

「さぁ……」

キジ虎と聞いた時、田中さんはすぐに、六月の終わりにこの公園で、キジ虎のメスが六ぴきの子ねこを産んだことを思い出しました。そのねこは、草むらに仕掛けてあった殺虫剤入りの毒だんごを食べて死んだのです。田中さんは亡骸《なきがら》をバスタオルにくるんでペット霊園に運んで火葬してもらいました。遺《のこ》された子ねこたちはそれぞれ別の飼い主に引き取られ、飼い主が見つからなかった母ねこそっくりなキジ虎のメスは、他のノラねこたちといっしょに田中さんの家の物置に居るのです。

田中さんは、そのことを話そうかどうか迷いましたが、ねこの乳《ち》飲《の》み子《ご》を靴箱に入れて置き去りにした張本人《ちょうほんにん》だと思うと、憤《いきどお》りで喉が荒縄《あらなわ》のように固くなり、声を出すことはできませんでした。

「わたし、元々は不動産屋の営業をやってたんですが、離婚後に転職して、今はこういう仕事をやっています」

田中さんは名刺を受け取り、ポケットから老眼鏡を出して、「特別養護老人ホーム　フレンドパーク　介護福祉士」という肩書を読みました。

「鈴木《すずき》真一《しんいち》と申します。わたしが勤めている老人ホームでは、殺処分を減らす取り組みとして、ねこといぬの保護活動をしています。元々は、ペットと共にセカンドライフを送ることができる施設という触れ込みだったんですが、飼い主がペットよりも先にお亡くなりになられるケースも多いんです。遺《のこ》されたペットを他のお年寄りがかわいがり、生きていく支えにしているといったような姿を見て、施設長から、老人ホームと、老犬ホーム、老猫ホームを両立できるんじゃないかという提案がありました。われわれスタッフも全員一致で賛成しまして、施設の大改装を行ったというわけなんです。現在九十人の入居者に対して、いぬが八ぴき、ねこが十ぴき居ます。ひかり公園にノラねこがたくさん居るらしい、という話をわたしがしたところ、施設長が是非うちで引き取ろうと言ってくれたので、今日はまずおおよその数を把握《はあく》しようと思って来てみたんです」

「ここには居ないよ、寒いから」

「どこに居るんですか？」

「うちの物置に居る」

田中さんは鈴木さんを自分の家の物置に案内し、鈴木さんは田中さんを老人ホームに案内しました。

フレンドパークは、光町から車で四十分ほど離れたところにありました。

田中さんは病院のような施設を想像していたのですが、高い天井と床は明るい木目《もくめ》で、壁は白、中庭に面したところは全てガラス張りで開放的な平屋建ての木造住宅でした。

中庭を挟んで、いぬ好きの老人が暮らすユニット、ねこ好きの老人が暮らすユニット、動物嫌いや動物アレルギーがある老人が暮らすユニットに住み分けられていて、各ユニットに一つずつ、食事や体操などができるホールがありました。

ねこユニットのホールにはキャットタワーや三段ケージやカドラーが置いてあって、ねこたちは思い思いの場所で眠ったりくつろいだりしていました。

ドッグトレーナーやトリマーなどの動物担当スタッフも常駐しているということで、人間担当はピンク色、動物担当はブルーの制服を身に付けていました。

田中さんは中庭を眺めました。天井はガラスなので、陽は注ぐけれど雨には濡れません。ちょうどねこ専用の出入口を白ねこが擦《す》り抜けたところでした。白ねこは、長いしっぽをぴんと立てて落ち着いた足取りで青々とした芝生を踏み、真っ直ぐ紅葉《もみじ》の木に向かって行くと、木の幹でガリガリと爪を研《と》ぎ、メダカが泳いでいる池の水面に首を伸ばして、ぺろぺろと水を舐めました。そして、芝生の上で仰向けになり、ごろんごろんと左右に倒れたかと思うと、くるりと腹這いになって肩越しに振り返りました。茶虎のねこが専用ドアをくぐって中庭に出てきたのです。

ねこたちの様子を観察して、これだったら公園暮らしが長いノラねこたちも順応できるかもしれない、と田中さんは心を決めたのでした。


今日はクリスマスです。

田中さんはねこたちにプレゼントを持って老人ホームに面会に行くのです。鈴木さんに電話をしたら、三時のおやつの時間がいいですね、と言っていました。

腕時計を見ると、あと五分で二時でした。

「よっこらしょっと」田中さんは腰を上げ、トランジスタラジオを持って遊歩道を歩き出しました。

軽トラックの幌《ほろ》からアルミの脚立《きゃたつ》が突き出しているのを見て、そうだ、と思い付きました。

田中さんは、枯れてドライフラワーのようになった紫陽花《あじさい》の花を、チョキンチョキンとタワシのように切り詰めている作業員に近づいて、お願いをしました。

「すみません、あの脚立をちょっとだけ貸していただけませんか？　孫のブーメランが桜の木に引っ掛かってるんですよ」と、田中さんは嘘をつきました。

「どこですか？」

田中さんは、自分でやりますと言ったのですが、作業員は脚立を軽トラックから下ろし、青いブーメランが引っ掛かっている桜の木の下に脚立を運び、田中さんが脚立に上ってブーメランを取って着地するまでのあいだ、脚立を両手で押さえていてくれました。

「お孫さんおいくつ？」

「五歳です」

「うちのも五歳。孫って無条件にかわいいですよね。息子の時は子育てを楽しむ余裕なんてなかったけど、孫はとにかくかわいい。目の中に入れても痛くないってこういうことかと思いますね」

「そうですね」

田中さんにも二人の孫がいますが、田中さんは内心、孫よりもねこの方がかわいい、と思っていました。

でも、このブーメラン、どうすればいいんだろう？

透明なビニール袋に入れて木の枝に吊るして一筆《いっぴつ》書いておけば、気づくかな？

田中さんは、ゲンゴロウという黒ねこを飼っている夫婦のことを思い出しました。

奥さんはすごく痩せていて歩くのがやっとという感じだった……

昨日のことのようだけれど、銀杏が黄色かったから、あれは秋の出来事だな……

最近、思い出すというよりは、その時間に深々と沈み込み、今に浮かび上がれないことがよくある。

妻や息子たちには、おれが呆《ぼ》けたらカン太とチン平といっしょにあの老人ホームにやってくれ、と言ってある。

田中さんは右手に古びたトランジスタラジオ、左手に青いブーメランを持って、ゆらゆらと甲板《かんぱん》の上を歩くような足取りで自分の家を目指して歩いて行きました。

「お待ちしていました」と玄関ホールで田中さんを出迎えたのは、鈴木さんではなくピンクの制服を着たショートカットの若い女性でした。

「鈴木は今、わんちゃんユニットの方で、入居者の方をお部屋からホールにお連れしているので、わたしがねこちゃんユニットへご案内いたします。佐藤あかねです」

「よろしくお願いいたします」

田中さんは佐藤あかねさんの後をついて、玄関ホール、動物がいないユニット、いぬユニット、ねこユニットへと移動しました。

回廊には寝室が連なり、ネームプレートには番号ではなく、ヒナゲシ、シラユリ、スズラン、タンポポ、ヒマワリ、チューリップ、パンジーなどの花の名前が付いていました。

入口のフックには赤と白のクリスマスブーツがぶら下げてありましたが、まだプレゼントは入れられていないようでした。

ちょうど、介護職員が老人たちを寝室のベッドから車椅子に移して、ホールに向かって車椅子を押している最中でした。

「いちばん忙しい時間におじゃましてすみませんね」

「いえいえ、お客さまは大歓迎です。お客さまがいらっしゃると、みなさんの生活にハリが出るんですよ」

田中さんは、おじいさんを乗せた車椅子に道を譲りました。

「まさるさん、今日眼鏡かけてるんだぁ」と、別の車椅子を押している若い女性職員が笑い掛けました。

「眼鏡かけてるとやっぱり違いますね、威厳がある」おじいさんの車椅子を押している男性職員も笑いましたが、白髪の角刈りの生真面目《きまじめ》そうなおじいさんは黒縁眼鏡で真っ直ぐ進行方向を見ていました。

ねこユニットのホールにある大きな白木《しらき》のテーブルには十五人の老人たちが集まっていました。

椅子に座っているひともいれば、車椅子に乗ったままのひともいます。

奥の小さなテーブルには、ひと目で要介護度が重いとわかる五人の老人がいました。

田中さんはひかり公園のねこたちの姿を探しました。

居ます、居ました。テレビの前のホットカーペットの上で伸びていたり、暖房の吹き出し口の前にあるキャットタワーで丸くなっていたり——、しかし、肝心の老人たちには全く関心がない様子でした。ねこはいぬと違って愛想を振り撒《ま》かないし、名前を呼んだって気が向かなければ知らんぷりをする、そもそもひかり公園に捨てられたねこの元の名前はわからないし、ノラねこの子は、もらわれる可能性を考えて名前を付けなかった。タマとかチロとか思い付きで名前を呼ばれても、自分が呼ばれたとは思わないだろうな――。

「それではみなさん午後の体操を始めたいと思います」

と、佐藤あかねさんがテーブルの前に立つと、ステレオからピアノの演奏が流れました。

「最初は手の平を強く擦《こす》りまぁす。はい、ゴシゴシゴシゴシ、みんなで声を出しましょう、はいゴシゴシゴシゴシ……」

おばあさんたちは素直に体を動かしていましたが、おじいさんたちはつまらなそうな顔をして膝の上で手をもぞもぞさせているだけでした。

「がんばったら、おやつがおいしいよぉ！」と女性職員がおじいさんたちの顔の前で手を擦って見せましたが、おじいさんたちは用心深く沈黙していました。

男の自分がやったら、おじいさんたちも恥ずかしがらずにやるかもしれない、と田中さんも手を擦ってみました。田中さんは定年退職をしてから十五年間も「光町子ども会」の会長を務め、毎年夏休みのラジオ体操のお手本係をやっているのです。

「体操ですよぉ、みんなでやった方が楽しいから、やりましょう！」女性職員は、口をぽかんと開けている車椅子のおじいさんに大きな声でゆっくりと話し掛けました。

「では、手の平で腿《もも》を叩きます。はいトントントントントン、今度は脛《すね》の方に下りていってください、はいトントントントントン、腿に上がりますよぉ、はいトントントントン。はい、足を上げまぁす。しっかりと椅子をつかんで落ちないようにしてくださいねぇ。右足からいきますよぉ……はい左足でぇす、はい右足でぇす……」

　みんなが体操をしているあいだに、二人の女性職員がカートの上で、飛行機の客室乗務員のような手際《てぎわ》でトレイにお菓子とお茶とおしぼりをのせています。

「次は肩叩きです。右手の拳で左肩を叩きます、手が届かないひとは反対の手で肘《ひじ》を支えましょう。はいトントントントントン、はい手を変えて反対側を叩きましょう、トントントントントン、はい軽快に叩きましょう、トントントントン。最後に両手を上げて伸びをしまぁす、はい伸びてくださぁい、はい下ろしてくださぁい。はぁい、みなさんお疲れさまでしたぁ。それではですね、三時のおやつですね。今日はカルシウムウエハースとなっています。これからお配りしまぁす！」

　隣に戻ってきた佐藤あかねさんに、田中さんは訊ねました。

「家族のひとは面会に来るんですか？」

「面会に来たら里心《さとごころ》が付いて、うちに帰りたがる、と面会を控《ひか》えられているご家族もいますね」

　職員たちが手分けをしてテーブルにおやつのトレイを置いています。

「はい、てるこさんどうぞぉ、後ろから失礼しますねぇ」

「はいかずこさん、はい、おやつでございます」

奥のテーブルでは、職員が小さな円筒状のタッパーの蓋を開けて入れ歯を取り出し、老人たちの口に嵌《は》めています。

田中さんが空いている椅子に腰を下ろすと、隣のすみれ色のカーディガンを着たおばあさんが、正面に座っているおばあさんを指差して言いました。

「このひと、百二歳なんですよ。産婆さんだったの。自転車に乗ってね、どこにでも行ったんですよ。わたしも次男と三男、二人取り上げてもらったんだけど、耳が遠くて、いくら話し掛けてもわからないの。ここには、お話できるひとがいないの。みんな耳が遠いのね。だから、わたしは退屈なの。なぁんにもやることがないの。たまに塗り絵や折り紙をやるけど、今日はなんにもやることがない。明日はどうだかわからないけど……」

と、おばあさんはカルシウムウエハースを半分だけ齧《かじ》って、残り半分を腿の上に置きました。

「困ったぁ」と、斜向《はすむ》かいに座っているおばあさんがテーブルに両手をついて腰を浮かしました。

「あのひとは白内障だか緑内障だかで目が見えないらしいの。おまけに右耳がぜんぜん聞こえない。左はいくらぁか聞こえるみたいだけどね。一日中、困ったぁ、困ったぁって言ってるの」

「困ったぁ」

「うちの長男は、もう還暦を過ぎてるんですよ。二十歳の時に産んだ子だから、いま六十二歳。孫だってもう四十歳ですからね。警察官やってるんですよ。九月に、おばあちゃんの顔見に来たぁって訪ねてくれたんですよ。忙しくてなかなか面会に来られないんだぁって。昨日、しばらくぶりに妹が電話寄越《よこ》してくれたの。何年か前までは、きょうだいとか孫たちに二ヶ月にいっぺんぐらいは手紙を書いてたんだけど、なんだか歳とったら億劫《おっくう》になって、字も忘れてるしね。なんにもいいことない……」

「あぁぁぁぁぁぁ！　あぁぁぁぁぁぁ！」

奥のテーブルの男性が右手を痙攣《けいれん》させて、左手だけをついて立ち上がりました。

目の見えないおばあさんが、佐藤あかねさんに訊ねました。

「今日はこれから何するの？」

「今日はこれだけ。あと二時間したら晩ごはんになるよぉ。今日の献立《こんだて》は、ごはん、コンソメスープ、のりの佃煮《つくだに》、さつまいものオレンジ煮、鶏肉のだし旨煮《うまに》、りんご」

「困ったぁ」

「カルシウムウエハース、食べないの？」

「困ったぁ」

「かずこさん、お茶も残ってますよ。どうぞぉ」

佐藤あかねさんがかずこさんの手にティーカップを持たせましたが、かずこさんは口を付けないでそのままトレイにカップを戻しました。

田中さんは、すみれ色のカーディガンのおばあさんの足元に黒い革のバッグが置いてあることに気づきました。

「貴重品とか薬とかうちの鍵。預かってくれるって言うんだけど、自分で持ってた方がいいわよね。鍵まで取り上げられちゃったら、うちに帰れないみたいじゃない？」

「トイレ行きたいですぅ」と、かずこさんが右手を少し浮かせました。

「行きますかぁ？」佐藤さんが訊ねました。

「はい」

「じゃあ、行きましょうね」

と、佐藤さんが車椅子を押してトイレの方に去って行くと、前髪をピンで止めておでこを丸出しにした小さなおばあさんが、自分のトレイをゆっくり少しずつテーブルの真ん中に押して、かずこさんのトレイを自分の前に引き寄せようとしています。

田中さんは、彼女がかずこさんのおやつを盗《と》ろうとしていることに気づいて、誰かに知らせようと首を捻《ひね》りましたが、奥のテーブルの男性職員は絶叫を繰り返すおじいさんにカルシウムウエハースを食べさせようと苦戦している最中でした。

車椅子を押して戻ってきた佐藤あかねさんは、ゼンマイを巻き損ねたような短い笑い声を立てると、黙ってトレイの位置を元に戻しました。

「カルシウムウエハース、食べますかぁ？」

と、佐藤さんがお皿を手に近づけると、かずこさんはウエハースを手に取りました。

「いただきます。はい、ごちそうさんです」

と、かずこさんがウエハースを食べる様子を、おでこ丸出しのおばあさんは拗《す》ねた子どものように下唇を突き出して眺めていました。

職員たちは、トレイを片付けはじめました。

「としこさんもお下げしますね」

田中さんはずっと自分にしゃべり掛けている、すみれ色のカーディガンのおばあさんが「としこ」という名前だということを知りました。

「これ食べてみますか？」と、としこさんは腿の上に置いてあった齧《かじ》り掛けのウエハースを田中さんにすすめました。

「いや、けっこうです」

田中さんは自分でも気づかないうちに唇の内側の肉を嚙んでいました。ねこたちにおやつをやるタイミングを失ってしまったばかりか、いつ帰ればいいのか、そのタイミングさえ図りかねていたのです。田中さんは、人生は、良い方向であれ悪い方向であれ進むべき方向に進んでいくと考えていましたが、ここで時間を過ごすうちに、過ぎていく時間の無意味さに打ちのめされていました。

するると、廊下の向こうから男性職員が近づいてきました。

意識がはっきりしている老人たちは一斉《いっせい》に、その男性の姿に目を凝らし、そのよく響く足音に耳を澄ませました。

鈴木さんでした。

田中さんが会釈《えしゃく》をすると、「すみません、バタバタしてお構いできなくて」と鈴木さんは謝り、「のぶこさん、お迎えですよぉ」と明るい知らせに相応《ふさわ》しい明るい声を出しました。

のぶこさんは息を吹き返したようにぴくりと動いて、車椅子から自力で立ち上がろうとしました。

「のぶこさん、お靴脱げちゃってますね。ぐいぐいって履いちゃってください。上着を着ましょう、外は寒いですからね」と、佐藤あかねさんがのぶこさんにジャンパーを着せて、毛糸の帽子をかぶせました。

「ありがとうございました」のぶこさんは車椅子の上で両手を揃え、深々と頭を下げました。

「じゃあ、帰りましょうか」鈴木さんがのぶこさんの車椅子を押して玄関の方に去って行きました。

事情通のとしこさんが説明してくれました。

「のぶこさんは、わたしと同じショートステイなんです。わたしは二泊三日。明日、おやつを食べたら帰ります。以前は一泊二日で、長男夫婦が遠くに行く時にだけ寄越されてたの。わたし、デイサービスなんて知らなかったから、見たこともない、行ったこともないところへ行くのは嫌だって言ったの。でも、今は毎月よ。そのうちショートじゃなくて、ずっとやられるかもしれない。そうなる前にお迎えに来てくださいって、わたし毎日ご先祖さまにお願いしてるの」

全身で自分の名前が呼ばれることを待ち受けていたかずこさんが訊ねました。

「わたしは？」

「かずこさんのおうちは、ここだよ」佐藤さんが答えました。

その昔、産婆をしていたというおばあさんが、トレイを下げられたテーブルを手の平で拭《ふ》くような仕草をしながら呻《うめ》きました。

「ねむい」

「寝てくる？」と佐藤あかねさんが優しく訊ねましたが、おばあさんは黙って目をつむりました。

「この後ここで何するの？」かずこさんが訊ねました。

「あと二時間ちょっとで晩ごはんになるから」

「その前は？」

「その前は、ここでゆっくりしてていいですよ」

田中さんは、老後というのは、ゆっくりと、のんびりとできる時間が無くなることなのかもしれない、と思いました。

自分の人生から時間が漏れ出していくのを為《な》す術《すべ》もなく眺めることしかできない——。

「ここにいつまで居るの？」

「かずこさん、少し横になりますか？」

「今日はどこかに行くのかと思った……」

「今日はどこにも行かないよ」

「困ったぁ」

「かずこさんが困った困った言うと、みなさん気になりますので、ね」

「うちに帰りたいなぁ」

田中さんは居た堪《たま》れない思いでいっぱいでした。いち、に、さん、と無意識のうちに自分の心臓の鼓動を数えていましたが、いくつになったら立ち上がればいいのかわかりませんでした。

佐藤あかねさんが田中さんの沈黙に割って入りました。

「夕方になるとですね、ショートステイの方のお迎えが来るんです。その様子を見て、帰りたいという気持ちが募《つの》ってしまうんですね。あと、主婦にとって夕方というのは、一日のうちでいちばん忙しい時間帯ですよね。子どもやご主人が帰ってくる前に、洗濯物を取り込まなきゃ、お買物に行かなきゃ、晩ごはんを作らなきゃって思ってしまうみたいなんですね。もう家事をする必要はなくて、ここでのんびりしてればいいだけなのに……」

「うちのひとは、わたしがここに居ることを知ってるんですか？　うちのひとに連絡してください」かずこさんは大きく見開いた怯《おび》えた目で辺りを見回しました。

「かずこさんの、ご主人は、お亡くなりになったんですよ、もう十年以上前に」佐藤さんは、インクスタンプに補充インキのノズルを押し付けるように、ひと言ひと言ていねいにかずこさんの頭の中に浸透《しんとう》させせました。

かずこさんの目が、ショックと恐怖でたちまち濁りました。

田中さんは、ご主人を亡くして一人でひかり公園の前の古家に住んでいた渡辺さんのことを思い出しました。認知症がひどくなって裸足のまま公園に駆け出して警察に通報されてから、姿を見なくなったのです。それからしばらくして渡辺さんの家の周りに足場が組まれブルーシートで覆われて解体作業が始まりました。同じ間取りの家が三軒並んだ建売だったのですが、その後三軒とも更地《さらち》になって売りに出され、今では光町には珍しい芝生の広い庭がある豪邸が建っています。

「困ったぁ……」かずこさんの右手の指がテーブルの上でカタカタと震え出し、かずこさんは右手を左の脇の下で押さえました。

フッフッフッという息の音を響かせながら足踏みしていた奥のテーブルのおじいさんが洪水のような声を一挙に吐き出しました。

「あぁぁぁぁぁぁぁぁぁぁぁぁ」

「大騒ぎしている男のひとの隣の女のひと、今は静かにしてるけど、以前はあんなだったのよ。しげるぅ！　ひろしぃ！　ゆうこぉ！　晩ごはんですよぉ！　帰ってらっしゃぁい！って大声で名前を叫びながら歩き回るから、それは大変だったの。今はほら、落ち着いてるでしょう？　ひと月ぐらい前にねこがずいぶん増えたんだけど、その中の一ぴきが、あのひとにくっついて離れないの。不思議ね、亡くなったご主人の生まれ変わりかしら？って職員の方々が噂してたんですよ。それはどうだか知れませんけど、あのねこがやってきて、あのひとが落ち着いたってことだけは確かね」と、としこさんが教えてくれました。

田中さんは、そのおばあさんを改めて見てみました。

似ている……

もしかしたら……

田中さんは立ち上がって、おばあさんに近づきました。

やっぱり、渡辺さんに間違いない……

おばあさんの膝の上で丸くなっているねこは、田中さんの物置にいたキジ虎でした。

ねこは、いつも餌をもらっていた田中さんに気づいて顔を上げました。

田中さんは、ねこの名を呼ぼうと思いましたが、いつかもらわれるだろう、と名前を付けずにいたことを思い出しました。

「ニーコ」

ねこの名を呼んだのは、おばあさんでした。

ねこは思いっ切り首を伸ばして、ニャアと鳴きました。

おばあさんは、血管が膨らみ濃い茶色の染みがたくさんある手で、ねこの喉を撫で上げました。

「ちゃんとお返事ができて、ニーコはほんとに賢いねぇ。ニーコ、ニーコやぁ」

ねこはおばあさんの顔を見て喉を鳴らしました。

グルグルグルグルグルグルグル、ねこはもっと撫でてほしくて、おばあさんの膝の上で体を捩《よじ》らせました。

「ニーコ、およしな。落っこちちゃうから、およしなさいったら、ニーコやぁ」

おばあさんはねこの腹を撫でてやりました。

やわらかくて、あたたかくて、撫でてくれて、おばあさんの膝の上ほど気持ちのいい場所はありません。

ねこの前足にはうんと昔に母ねこのお乳を飲んだ時の感覚が残っていました。

両手でおっぱいを押しながら、他のきょうだいと競い合ってお乳をたっぷり飲んだのです。

ねこはうっとりと目を閉じ、足踏みするように前足を交互にぐっぐっと突っ張らせて、グーパーグーパーと指を大きく開いたり閉じたりしました。

「ニーコやぁ、爪を立てたら、痛いよぉ」と言いながら、おばあさんは今度は背中を撫でてくれました。

夜になると、おばあさんは別のところに行ってしまいます。

朝になると、おばあさんはここにやってきて、真っ先にニーコを呼ぶのです。

ニーコと呼ぶのは、このひとだけです。

ニーコと呼ばれると、どこに居ても、おばあさんのもとに駆け付けます。

わたしはニーコです。

おばあさんのニーコです。

［初　出］

ニーコのおうち……………………「野性時代」二〇〇八年三月号

スワンのおうち……………………「野性時代」二〇〇九年五月号
二〇一〇年一月、三月、四月号

アルミとサンタのおうち…………「文藝」二〇一四年夏号

ゲンゴロウとラテとニーコのおうち……「文藝」二〇一六年春号

柳美里
YU MIRI
★
一九六八年生まれ。高校中退後、東由多加率いる「東京キッドブラザース」に入団。役者、演出助手を経て、八六年、演劇ユニット「青春五月党」を結成。九三年『魚の祭』で岸田國士戯曲賞を最年少で受賞。九七年、『家族シネマ』で芥川賞を受賞。著書に『フルハウス』(泉鏡花文学賞、野間文芸新人賞)、『ゴールドラッシュ』(木山捷平文学賞)、『命』、『8月の果て』、『雨と夢のあとに』、『グッドバイ・ママ』、『自殺の国』、『JR上野駅公園口』、『貧乏の神様』他多数。
*オフィシャルサイト　http://yu-miri.jp

ねこのおうち

★

二〇一六年六月三〇日　初版発行
二〇一六年七月三〇日　3刷発行

著者★柳美里
発行者★小野寺優
発行所★株式会社河出書房新社
東京都渋谷区千駄ヶ谷二-三二-二
電話★〇三-三四〇四-一二〇一［営業］　〇三-三四〇四-八六一一［編集］
http://www.kawade.co.jp/

印刷★株式会社暁印刷
製本★加藤製本株式会社
Printed in Japan
落丁本・乱丁本はお取り替えいたします。

ISBN978-4-309-02472-1